無明の闇

富澤　博

東京図書出版

『竊かに以みれば、難思の弘誓は難度海を度する大船、無碍の光明は無明の闇を破する恵日なり』

（『教行信証』）

『されども、さばかりのことに妨げられて、長き夜の闇にさへまどはむが益なさを』

（『源氏物語』四十六帖「椎本」）

序

一人のはぐれ雲水が、炭鉱の町にやって来た。どこからどうやって来たのか誰も分からなかった。三角定規の30度、60度の角度をもったズリ山を背にして、やや大きい石に座って俯き加減に少し前を見ていた。考えるふうでもなく、これと云った仕草をするわけでもなく、ただぼんやり座っていた。浅い風が丈の低い雑草を揺らし、疲れた頬を軽く撫でて過ぎてゆく。それが雲水にはすごく心地よく感じられ、このまま何もしたくない気分になっていた。考えることさえしたくなかった。片隅ではどうしたら自分の求めている悟りに近づけるのか、もっとしっかりした考えを持って行脚しなければならないと思ってはいるのだが、これといった考えが浮かばない。多分行脚することに慣れ切ってしまって、悲しいかな惰性的に歩いているだけなのだろう。

そのうち杖をついた一人の老婆が、胡散臭そうにこっちをじいっと眺めている姿が、チラッと眼に入った。雲水は気にも留めず、まどろみの中で心地よい気分に浸っていた。短い時間だけれど、間の延びた感じのする時がすぎていった。そんな小さな雲水の安らぎを壊すように、足許の悪いデコボコ路を杖で小さな石を払いのけながら近づいて来た。

「若え坊さんよ、具合でも悪いのけ。なんにもしねえで座ってるもんだから」

「なんでもないです。ちょっと休んでいただけです」

「だけどよ、こんなところで休んでいても、しようがあんめえ。俺ぁもこれから帰るとこだから、こんなところで休んでいるより俺ぁん家で休むがいいだよ。そうした方がいい、そうした方が余っ程いいだよ。こんな所にいたら風邪でも引いちまうべぇ。動いているんなら別だけど、そんなようでもねえしな」

老婆は促すように手を引っ張り、雲水を起こした。腰が曲がっていたが、思ったよりも力があった。

「あんまり大きくねえだけど、けっこう重てえんだな」

婆さんは雲水の方を見ながら言うと、小さい袋を手に持ち慣れた感じで前を歩いて行った。雲水もなんとなく後ろから付いていく。２キロは超える道のりをゆっくりゆっくり歩いて行った。そうこうするうち、婆さんが側に寄って来て、猜疑深そうに上目づかいに聞いた。

「若え坊さんはどこから来なすったんだね。あんまり見かけねえ感じだがよ」

雲水は誰何された気持ちになって、一瞬頭の隅っこの方で退く心構えになったが、こんなことは度々あったことで、すぐに元の気持ちに戻った。

「どこと言われても、いろいろな所を歩いて来て、ここに着いたんです。行く先だって当てがあるわけでもないし、勝手気ままに歩いている状態です」

「それは良い身分だけんど、若えもんにしちゃ、あんまり良くねえんじゃねえか」

「そうですね、良くないね」

雲水は素直に言った。老婆は、そうだそうだと勝手に肯きながら、何かブツブツ言っている。雲水は聞こえない振りをして、歩いている周りをそれとなく見渡した。ゆっくり曲がったアスファルトの道が、やけに黒々と光って、閑散と続いている土手に擦り切れた草を並べている中を歩いて行く。車の通り過ぎもほとんどなく、のんびりした雰囲気が淡々と流れていた。ここには、急いでいる時間もなければ、急いでいる空間も全く感じられない、悪く言えば急ぐ時間の必要性もなければ、速く行動をしなければならないことなど何にもない、取り残された小さな一断片がちょこんと切り取られて置いてある、世間から滑り落ちたような錯覚すら覚えさせる場所であった。

「お坊さんはお経をあげるのけ」不意に婆さんが訊いた。

「まあ、坊主だからあげないこともないけど」

「どんなお経だえ」

「どんなお経だと言われても、そうだな、このあたりは浄土真宗が多いから、南無阿弥陀仏あたりかな」

婆さんはちょっと驚いたとも、感心したともとれるように「へぇ」と言った。

「俺ぁん家もなんまいだぶだよ。あんまり拝んだことはねぇんだが、申し訳ねえとはいつも思っているんだ」

「その気持ちが大切なんですよ、いつも心の隅でも良いから思ってくれる事が供養になるんです」

「そんなもんかねえ」

婆さんはぶっきら棒に言うと、この話はこれでお終いと言うふうに口を結んだ。あまり気の進む話ではなかったらしい。雲水は黙って、もとのように少し遅れて付いて行った。

婆さんの持っている袋は小さかったが、少し重いと見えて時々杖と持ち替えて歩いていた。雲水はなんとなく気になり出して声をかけた。

「お婆さん、私が袋を持ちましょうか」

「なあにこんな小っちゃなもん何でもねえだよ、それより坊さん疲れねえかぇ」

「私は毎日歩いているのだからそんな心配はいらないが、その袋私が持っていきますよ、お手伝いさせてください」

雲水は一寸したやりとりのあと、袋を手に持った。小さいわりには重たかった。

「お婆さん、袋が結構重たいじゃないですか」

「そりゃあ石が少しばかり入ってるんでの」

「石ですか？」雲水が戸惑ったふうに聞いた。

「ほうれ、おめえさんの座っていた後ろにズリ山があっただろうが。炭鉱で掘った石や土をトロッコでてっぺんまで運んで行き、いらねえ土や石を捨てるんだが、その中に小さな石炭が混ざっているとことがあるんだよ。それを探して拾うのさ。本当は見つかると叱られるんだけど、そんな事を心配したってしょうがねえだもんな。見つかんねえで探し出せればこっちのものさ」

　婆さんは得意げに言った。しかし吐き出すように簡単に付け足した。

「だけど小さいのであんまり足しにはなんねえけどな。それでも探し出せねえよりはましだ」

　雲水は頷いた。どんなものでもいらないものはないと教えられてきた。それを今ここで婆さんに聞くとは思ってもみなかった。どんな些細なものでも無駄なものなどないんだ。自分ではその事も含めてずっと考えながら修行してきたつもりでいたが、心底はっきり自覚して行脚していたかというと、そんな事はほとんど考えていなかったんじゃないだろうか。疲れが急に押し寄せてきた。

「お婆さん、まだどのくらい歩きますか？」

　雲水は小さな声で聞いた。婆さんは立ち止まり大きく腰を伸ばしてから、「遠くの方に長屋が見えてきただから、もうすぐだ。少しばかり歩いたから疲れたかね」「いいえ」雲水は答えたきり、だんまりを決め込んだ。これと言って話すこともなかったし、話題になる話を探す気持ちにもなれなかった。

　やがて六軒長屋が何棟も見えてきた。各棟の前にはそれぞれ細長い下水道が連なり、各家庭の中で使いきった汚濁水がそこに流れて、そこから横に掘られた小さなどぶ川に流れ落ちるようになっている。集合住宅のはずれの方に、もう少し大きなどぶ川が今度は縦に流れており、流れてきた小さなどぶ川の水が、まとまってそこに落ちるようになっている。炭鉱から出る汚い温泉が流れていて、運んでくれる仕組みになっていた。その向こうは道路になっていて、道路を跨いで大きな共同風呂があった。勿論炭鉱から出る温泉で流し放題だった。

お婆さんの家はたくさん並んだ棟の奥の方の一棟で、入って二軒目であった。長屋はだんだん重ねの板が風雨よけに重なっており、板そのものが風雨にさらされて汚くなっていた。ところどころ板がはがれていて、耐える事が難しい所もあったが、炭鉱では修理する気は全くなく、個人で部分修理をしなければならない状態になっていた。一軒一軒見ると、それぞれ玄関になる入り口板引き戸と、隣の板壁に挟まれた狭い圧迫感のある袋小路が、棟の前の小さい通り路から、下水道を跨いで二間ばかり入って、此れ見よがしに汚く切り取ってあり、いろいろながらくたが、所狭しと置いてある。お婆さんの家では雑然と丈の高いのや低い不揃いの植木鉢、辛うじて引っ掻きながらでも掃けると思われる剝げた竹箒、錆びついたスコップなどが置いてあった。

婆さんはやっと着いたと言わんばかりに、「よっこらしょ」と声を出しながら、大きく息をついた。ついでに背伸びも大きくしようとしたが、こちらはこぢんまりとまとまってしまった。玄関の引き戸を開けて「ただいま」と弱々しい声で言った。今まで元気だったのが嘘のようだった。

「道子さん、今帰ったたよ。あんまり拾えなかったけど、そのかわり若え坊さんを拾ってきただよ。寂しそうに下を向いて座っていたので、風邪でも引いちゃなんねえと思ってな。俺ぁもそろそろ時間だし帰るべぇと思っていた矢先、この坊さんが目に入っただよ。しようがあんめえから家さ連れて行こうと思ったんだ」

「それは良い事をしただよ、お坊さんも助かるべぇ」

素朴だが人柄の良さそうな、四十を少し出たくらいの人だった。

「道子さん、あがってもらって、お茶でも出してくれないかね。坊さんも喉が渇いてると思うからなぁ」

「そうですね、お香こも一緒に出しましょかね。うちのお婆ちゃんが漬けたもので、とってもうまいんですよ。これがあればお茶などどんどん飲めちゃうんだから」

道子さんは、茄子と胡瓜と蕪と白菜のぬか漬けしたお新香をいっぱい持って来て、味の素を多めに振り、醤油をボコボコかけながら、箸を手渡して小さなそれでもしっかりとした口調で言った。

「どうぞ食べてくださいな。疲れてるだろうし、喉も渇いてるだろうからたんと食べて、飲みなんしょ。あんたは若いから、お香こでもたくさん食べて、たっぷり元気だしなせえ」

道子さんは、ほんのり動いている雲のようにゆったりした話し方で、優しい気分を抱かせる人であった。こうした状態の中で雲水はここまで行脚してきた自分を思い返していた。

「お坊さん、大丈夫ですかの。疲れすぎたんじゃねえですけぇ」

「大丈夫です、なんか優しくしてもらったので、しかもこんなにたくさん食べさせてもらったので嬉しくなっちゃって」

「それならいいんだけどね、良かったらもっとお茶でも飲んでくださいな、また歩き始めると水が欲しくなりますよ。これから何処へ歩くのか知らねえですが、あんまり飛び回んねえほうがいいんじゃないかね。疲れちゃう事にでもなれば取り返しのつかないことになってしまう話だよ」

道子さんの口調にはどうこうした方がいいという、少しも強制じみた感じはなかった。むしろ、これから旅に出る、若いお坊さんの前途を不安視する気持ちが強く感じ取られる趣があった。

「人なんていくら急いでもどうしようもあんめえ。ゆっくりのんびり行く方がいいだよ」

道子さんは頷いて喋っていた。雲水もいつか頷いていた。得も言われない気分が覆っていた。柔らかな空気が宙に舞い、暖かい風の中へ揺らいでいった。ぼんやりした光の中で、何とも表現のしようがない気分が微かに動きながら、あっちふらふらこっちふらふら漂っている感じだった。それがすうっと抜けていく状態のまどろみの中で、太陽のもとにうっすらとちらばっている、それでも気だるい思いはしなかった、そういう気の長くなるような時が、何の変哲もなく過ぎていく土地柄でもあった。そういう動きの少ない、ゆったりした雰囲気に浸って過ごしていた或る日、私は父に連れられて住みなれた炭鉱町を離れ、上京した。地元にある高校受験に失敗したためである。後で述べるがもうこの町に居れる状態で無かった。

私はこれから自伝と言うほどのものではないが、歩いてきた道を書いていくつもりでいる。流れとしては多少の思い違いはあるものの、大体は沿ったものである。当時思った事もあまり差はない筈である。ただその思ったことに付随する、知識乃至思考については、高校を卒業して就職してからのものが、多々加味されている事には間違いない。

また私は自伝を書くにあたって、自分の過ごしてきた行為を処するためにその時良いと思われた『名言』を参考にしてきたので、『名言』を多用することを御了承願いたい。これは当時置かれた状況をより深く理解してもらうためであると同時に、顧みれば人生は『名言』に近からず遠からず寄り添っているからである。このことについて異論はあるまい。更には文中に『詩』、『和歌（短歌）』、『俳句』を挿入することにした。自分は今までにもこれらのものを詠んできたので、その場面に合致するものであれば捨てるのも忍びないと思ったからであり、進行状態を妨げないのであれば何ら支障はないと思ったからである。更には『源氏物語』、『枕草子』の筆法にならって、なぞらえてみるのも悪くはないだろうと考えたからである。

私がどうして自伝めいたものを書こうかなと思ったのは『悦ばしき知識』の中の、フリードリヒ・ニーチェの言葉に触発されてのことだと思う。

『わたしたちひとりひとりにも確かな歴史があるのだ。それは、日々の歴史だ。今のこの一日に、自分が何をどのように行うかがこの日々の歴史の一頁分になるのだ。おじけづいて着手せずにこの一日を終えるのか、怠慢のまま送ってしまうのか、あるいは、勇猛にチャレンジしてみるのか、きのうよりもずっとうまく工夫して何かを行うのか。その態度のひとつひとつが、自分の日々の歴史をつくるのだ。』

（『超訳　ニーチェの言葉』白取春彦訳）

私について言えば華麗な雰囲気に酔ってしまった愚かな日々、酒におぼれた淫らな日々の連続で、ニーチェの言っている悪い面ばかりではある。おじけづいて着手せずに一日を終えてしまう、怠慢のまま送ってしまう時間の無駄使い、悲しくもあり恥ずかしくもある人生ではあったがそれも已むをえまい。

1

「気分はどうだ、嫌だかも知れないが気持ちだけはしっかり持ってな。父ちゃんだって気は進まないけど、こればっかりはしようがないんだ。大塚へ行って頼むしか方法がないんだよ。そこんとこをよーく考えてな」。夜になっていたが父の苦渋に満ちた顔がはっきりと分かった。というのは受験に失敗すると、来年まで待たなければならない。田舎の事なので、今で言うすべり止めがないのである。私立という事は考えられないし、実際私立高校などなかった。勿論一発勝負であった。試験日が同じなので、他の公立高校を受験しようとしても無理なのである。私は自分のために起きてしまったことなので、落ち込んだ気持ちばかりにもなれず、気を取り直して出来るだけ強く頷いた。それが重苦しく胃袋に落ちてしまったものを吐き出そうとする、精一杯の出来る事だった。私はなんという事をしてしまったんだろう。父の手前あまり落ち込んでいない振りをしていたが、どうしてどうして立ち直れる状態にはなれなかった。堪えても堪えられる状態でなかった。その時の心境は、何処へ行ってもしようがない、断末魔の諦めの境地だった。恥ずかしいという気持ちも全身に溢れていた。どうしようもない運命に翻弄されている感じだった。今思うとこんなことを言うこと自体多分に思いあがっていたに違いない。

1941年8月9日生まれたり
柔らかな肉体を食い破り
窮屈な管を這いずり廻って
生温かい液体とともに
どろりと外界に流れ出た
顔は恥じらいに歪んで泣き叫び
手は恐怖に打ち震え
握った拳はわけも分からない何かを
儚くも掴もうとしている
どうして出てきたのだ
何を望んで出てきたのだ
わけの分からない
どうしようもない苦痛を背負いながら
望みもしないで
望まれただけで出てきたというのか
そうだ
これこそ俺だ

俺そのものだ

私は父の苦渋に満ちた顔を見た時、何とはなしに自分の出生のなれの果てを考えていたような気がしてならない。こんな時にこんな考えなんか出てくるべきではない。何故そんな思いになったのかは知らない、何の不都合もなく生まれてきたのに、親としては期待に胸を膨らませ、二番目に生まれてきた初めての男の子として、十分に光り輝く存在になる筈だった。それが今は霧がかかって先が見えず、晴れそうになかった。多分自分の失敗を誰かに擦り付けて、その場から逃げたい気持ちでいっぱいだったのだろう。だけど誰に擦り付ければいいのだ。考えてみれば擦り付ける相手なんかいないではないか、結局自分の失敗でこのような事態になったのである。自分の失敗をどうしていいのか分からないので、ああでもないこうでもないと喚いているだけじゃないか。私は卑怯だった。「そうだ俺は卑怯なんだ、ずるいんだ。しかし、落ちてゆく場所が奈落しかないのならしようがないじゃないか」。どうも心が荒んでいくようだ。ずんずん考えが委縮していき、軽い眩暈さえ覚える。吸いこまれるようだ。正常な思考なんてどっかへ飛んで行ってるに違いない。

「博、大丈夫か」父の声がした。「うん」私は我に帰った感じで、頭を二、三回上下に軽く振った。「心配いらないよ」出来るだけゆっくりと言った。それから落ち着かせるために深呼吸をした。混沌としている頭の中だけど、もう一回頭を振った。大丈夫そうである。しかしこんな状態でああでもないこうでもない等言い訳がましいことばっかり言っていると、将来ろくな者にならないんじゃないのかと微かに思ってみる。ジョージ・ワシントン・カーヴァー（植物学者／アメリカ）はいみじくも言っている。『不成功の99％は、言い訳ばかりをする習慣を持つ人から生まれてくる』と。この伝でいくと、私は何をやったにしても完全脱落だ。「希望なんかありゃしない。性格を変えなければ駄目だな、本当に。だけどどう変えればいいんだろう」。

ところで私には変な癖があった。癖というのでなければ、自分勝手な思考に走る傾向と、とんでもない事が何でもなかったように、突然浮かんで頭の中を過ぎ、刹那的にあまり関係のない思いが断片的に浮かぶのである。今読んでいる書物が嫌になったわけでもないのに、ふと、一寸した関連から何の躊躇いもなく別の書物に移ってしまうという、取り立てて言うほどのものではないが、これが思考となるとそうもいくまい。少し厄介なことには間違いない。自分でも何となく分かってはいたが、今までそれほどの支障もなかったし、生きていくうえでそんなに気にするほどのものでもないので、そのまま過ごしてきた。

そんな状態なので、吸いこまれそうになった気持ちから父の言葉で前の状態に戻ると、ふと親鸞の言葉が頭をよぎった。「どうして親鸞が出てくるんだ。何故場違いの思いが急に頭の中に発生するんだ」。しかしこの考えのズレは便利であると思っていた、私の性格に凄くマッチングしているからだ。親鸞の言葉が思い浮かんだのは、そのずるい自分を自分なりに納得させたい気持ちからではないだろうか。また、自分だけはそうならないように、優先的に掬って欲しいという、さもしい一心からではないだろうか。いずれどこかへ考えを持っていかなければならないのだろうから、浮かんだままに深く突き詰めることもあるまい。

親鸞は言う。

『一切凡小、一切時の中に、貪愛《とん》の心常によく善心を汚し、瞋憎の心常によく法財を焼く。急作急修して頭燃を灸《はら》うがごとくすれども、すべて「雑毒・雑修の善」と名づく。また「虚仮・諂偽《てんぎ》の行」と名づく。「真実の業」と名づけざるなり。この虚仮・雑毒の善をもって、無量光明土に生まれんと欲する、これ必ず不可なり』

(『教行信証』「信巻」)

『教行信証』の本、更にはそれに付随した本は数多く出版されているが、ここでは『解読教行信証』上巻(真宗大谷派宗務所出版部)を参照してみたい。それによると次の説明がある。

貪愛……愛着、むさぼり。貪は、瞋・痴とともに三毒の煩悩の一つ。(同書189頁)

瞋憎……いかりにくむこと。(同書189頁)

諂偽……諂はこびへつらうの意。こびへつらい、いつわること。(同書199頁)

語訳

「あらゆる凡夫にあっては、いつどんな時も、貪り執着する心が常に善心を汚し、瞋り憎む心が常に仏法という財を焼きすてている。頭にふりかかる火の粉をはらいのけようとするように、急に思い立ち、急に修行しても、すべて『雑毒・雑修の善』という。また、『虚仮（うそ）・諂偽（いつわり）の行』といい、『真実の業』とはいわないのである。この虚仮であり雑毒である善をたよりとして、無量光明土に生まれたいと欲《おも》っても、これは決してできない」

（同書205頁）

私は炭鉱町にいた高校受験時代に、親鸞の事に触れる機会があった。「悪人正機」に触れてみて親鸞の事を思ってみる時間があった。少しだけどそんな時間があった。最近『なぜ生きる』（高森顕徹監修）を読んでみて、今こんなことを思い出されるなんて、自分には合うのかもしれないと思った。「所詮人間は善とはいえない、自分勝手に良い風が自分に吹くように考えている生き物なんだ。そんな考えを持っているから俺は人間なんだ。俺の存在はくだらないけれど人間そのものなんだ。その場その場で適当に生きていける人間なんだ」。私は「性悪説」を信奉する者ではないけれど、突き詰めていくと、そう感じざるを得ない考えの一面がちらつく。勿論親鸞の言う「悪人」と私が思っている「悪人」とは、「悪人」として取り上げるそのもの自体が違っていると思うし、考察の深い浅い、崇高の度合いから言っても違うことは自明の理である。多分私はその自分のさもしい考えを恥ずかしいと思いながら、何とか繕って生きている苦痛がそう言わせるのだろう。それでも何も考えないで、だらだら生きているよりはましというものだろう。しかしここで待ったがかかる。サミュエル・スマイルズは言う。『〝心は私の天国である〟という言葉はすべての人に通用する』（『向上心』サミュエル・スマイルズ　竹内均訳・解説）。更に続けて『たとえ貧しくても、ある者は王者の心を持ち、たとえ王であっても、ある者は奴隷の心を持つ。人生はその大部分が自分自身を映す鏡にすぎない。善良な者にとって世の中は善であり、悪人にとっては悪なのである』。私は世の中は悪だとは思っていない。しかしこんな躓きいじけた人生じゃ、善い世の中とも思いたくない。

私は『教行信証』の冒頭を思い起こしている。「無明の闇」をなぞらえている。「無碍の光明」は私に降り注ぐのか、こんな自分に降り注ぐはずがない。ただ自分なりに、ごちゃごちゃ文句をつけて言っているだけだろう、そんなものだ私の考えは。どっかへ行っちまえばいいんだ。でも行くのなら良い方に行って欲しいものだ。

『斉しく苦悩の群萌（多くの生き物の意・衆生）を救済し、……』（『教行信証』「総序」）

卑怯な話だが、ちょっとだけでも自分を優先的に考えて欲しいものだ。しかし自分の考えとは関係なく思考がどうどう巡りをしている間、いろいろな所へ考えが飛び廻り、ぼーっと思いあぐねているうちに訳の分からない思いに落ち、やっと元に戻って来るというあんばいであった。そんな状態でいる自分をかばうわけではないのだが、今度は『源氏物語』の1シーンの事が浮かんできた。こんなに思いが止め処なく浮かぶのは、チャランポランな性格の裏打ちでしかない。置かれた現状を自分ではっきり知ろうとしてないのだろうと思ってみたが、むしろ自虐的な発想であったのかも知れない。とことんまで追いつめられると、こんなふうになってしまうものらしい。まあそれはそれで良いだろう。とに角浮かんできたのだから。

『源氏物語』「桐壺」（一帖）で、それまでも桐壺帝の寵愛を一身に集め、妬み、嫉妬に苛まれながら何とか生きてきた桐壺更衣。三歳になった光源氏の「袴着の儀式」のあと、儀式の盛大贅沢さに、同級の更衣は勿論、更にはより上級の女御を含めて、嫉妬と羨望の渦がうなりをあげ、いたたまれなくなって里帰りする羽目になってしまう。里帰りしてすぐに亡くなった桐壺更衣の死を悼んで、桐壺帝が詠んだ和歌が頭をよぎったからに違いない。光源氏を「小萩」になぞらえて詠んだ和歌。

『宮城野の　霧吹き結ぶ　風の音に　小萩がもとを　思ひこそやれ』

このくだりは実際にあった今上・一条天皇とその后だった定子の関係を彷彿とさせる。定子は清少納言が仕えていた后である。定子もまた天皇から深く愛されていたが、兄弟が事件を起こしたため一家は没落し、絶望に耐えきれなくなって出家する。当時高貴の女性はこういう状態になった時には、死を選ぶか出家するしかなかった。定子はこの時妊娠していたのである。彼女の苦しみはいかばかりであったろうか。天皇とは出家した時点で離別となるのだが、しかし一条天皇は愛するあまり諦めきれず、翌年彼女を復縁させる。この時道長はやりたい放題の地位に就いているのだが、天皇の地位はその道長よりもさらに上とはいえ、これでは示しがつくはずがない。一条天皇は必死で定子を守るが、そうすればそうするほど周りは二人を白眼視する。貴族たちからは非難され（『今夜、中宮、職の宮司に参り給ふ。天下、甘心せず』〈『小右記』〉）、結局は三人の子供をもうけながら、24歳で出産により死亡。悲しい実話ではある。自分に置きかえるにしてはあまりにも余りあるが、私も今、同じように悲劇に巻き込まれてしまったと思い込みながら、便乗して一句出してみる。但し私の場合は俳句である。実はこの俳句、前に詠んだ私の出生の詩の後に続けて詠んだものであったのだが、切り離してここに持ってきたのである。

乳呑児よ　汝は病葉の　露となれ

生まれ出てきたって何のことがあろう。今はまだ苦悩だか、苦痛だか知らないけれど、歓迎すべきものなのか、そうでないのかも分からない。それでも現にここにいるという事は紛れもない事実である。人生を考えてみるに悲しむべきなのか、謳歌すべきなのかは知る由もない。ただ私には自分の人生の先は、光り輝いているとは思えなかった。人間なんてとかく自分を惨めだと思いこむ生き物なんだろう。それでなければこんな句なんか出てくるはずがない。でもそんな事はどうでも良い。話をもとに戻そう。出してはみたものの出してすぐ、この場にはふさわしくないと感じた。いやしくも『源氏物語』の中の「桐壺」帖を思い出して便乗して詠むのだから、むしろ、

乳呑児よ　蓮《はちす》の露に　消えとまれ

詠んではみたものの自分には後ろめたい気持ちが残った。後半の七、五の句は、『源氏物語』の何の帖か忘れたが詠んでいたと思われる記憶があり、うっすらと自分の記憶の引き出しにしまっておいたのだろう。それを恥ずかしげもなくすうっと引き摺り出してきたのである。どうしようもない、恥ずかしい限りである。「俺の作品なんて所詮こんなものだろう。狡賢くいけしゃあしゃあと通り過ごして、何食わぬ顔をしているのだ。恥ずかしい限りだなんて言えた義理か。くたばれ俺の作品！」

だが私は考える。こんなことは小さい事でしかない。もっともっと大きな自分にならなければ

ば。

『自分が不幸な星回りに生まれたのだと考える人間もいる。彼らは、自分には落ち度がないのに世間が常にこちらの思惑とは逆方向に動いているのだ、と信じこんでいる』

（『自助論』サミュエル・スマイルズ　竹内均訳）

そうだ、これこそ真実だろう。私の言いたいのはこんなくだらないことで悩むことはないのだ。気に入らない星回りの人生を嘆いていてもしようがない。それに伴って少しは真似てもいいんじゃないか。私は自分に言い聞かせて納得しようとする。しかしスマイルズは追い打ちをかける。『いつも自分の不幸を嘆いている連中の多くは、自らの怠惰や不始末、無分別、そして努力不足のしっぺ返しを受けているにすぎない』。こう言われてしまうとやっぱり私の考えには無理があるのかなあ。

やがて上野駅に着き、山手線で大塚に降りた。周りは真っ暗だった。街灯（電灯）を頼りに何とか行き着き、門の呼び鈴を押すと女の人が出てきた。この人は父の妹にあたる叔母だった。田舎でのおじいちゃんの何回忌かの法要が行われた時、会った気がした顔だった。叔父もすぐに居間に集まってきて、父が二人に手みじかにここまでの事を話していた。私は聞くでもなく聞かないでもない感覚で茫然としていた。訳の分からない方向へ、時間が少しずつ滑っていっているいることだけは感じとれた。

翌日父は、叔父叔母に私の今後の事をくれぐれもと頼んで、昼前に炭鉱町に帰って行った。父の悲しそうな顔が私の脳裏に焼き付いて、死ぬまでこびりついていた。今思うのは鈍色の歪んだ顔で微かに「頑張ってな」と言った言葉だった。まさか受験に失敗するとは私にとってもそうだったが、父にとっても青天の霹靂であった。父の多大な期待を瓦解させてしまった思いが、無念に滲み出た一言で、身体の中を澱んだ重たいものがゆっくり巡っていく感覚で、何も考えずに聞いていた。自分はこれからどう生きていけばいいのだろう。考えることが定かでない。思考がまとまらないのである。

私は疲れていた
たまらなく疲れていた
どうしたらいいのだろう
頭の中は
疲れすぎて考えがまとまらない
私には今考える力がない

このまま流れに乗って
ズルズルいけば良いのか
あの人のように
気高い理念を持って
流れを断ち切る事は出来ないのか
貧しくとも
じめじめした暗い生活の底で
のたうち廻りながら
毅然とした態度で理念を貫いた
ラスコーリニコフのように
自分で決着付ける事は出来ないのか
理念を貫けるほど
私には思考の積み重ねがないのか
机上の思考だけでは駄目なのか
強く強く突き抜けるほどに強い
底に秘めた斬新な思考が
私にはないのか

自分という者に腹立たしくさえ感じる
小さくても良い
理念はあるはずだ
それがなければ
ただ単に生きているだけでしかないではないか
私は単に生きているだけなのか
恥ずかしいけど小さな思考しかないのか
這いつくばっても
突き抜けようとする
のたうち廻っても突き進む
底に秘めた力がないのか
そうだ私には貧弱な思考しかないのかも知れない
私には
恥ずかしいけど
それしかない

こういうときはどうしたら良いんだろう。私はぼおっとしたまま何も考えられずにいた。腑抜けの状態であった。今ここで考えることが出来ないのなら、知っている限りのことを思い出さなければならない。自分としてはまとまらない思考を精一杯尖らせて、働かせてみる他はない。頑張れ、ここで頑張らなけりゃ何処で頑張るんだ。あっちへ飛びこっちへ沈んだ挙句、何とか考え思い出したうえでこれに該当するものといえば、ニーチェのこの言葉が一番だろう。ニーチェは「曙光」の中で次のように言っている。

『疲れきったときにする反省など、すべてウツへの落とし穴でしかない。疲れているときは反省をしたり、振り返ったり、ましてや日記など書くべきではない。
活発に活動しているとき、何かに夢中になって打ちこんでいるとき、楽しんでいるとき、反省したり、振り返って考えたりはしない。だから、自分を駄目だと思ったり人に対して憎しみを覚えたりしたときは、疲れている証拠だ。そういうときはさっさと自分を休ませなければいけない』

（『超訳　ニーチェの言葉』）

父の苦渋に満ちた顔が頭から離れない。悔しかったろうに、たった一言「頑張ってな」の言葉を残して平然を装って去ってしまった父、息子に将来の夢を託していた父、側で全くと言っていいほど喋れないで頭を垂れていたバカ息子。「俺は嫌だ。こんな想定など俺の中にはなかったはずだ。何処でどうなってしまったんだろう。どこかで歯車が狂ったのに違いない」。どうしようにもどうすればいいんだか、私には考えることなど出来なかった。分からない流れに乗っかっていくだけだった。それしかないだろう、如何足掻けば良いって言うんだ。

　父が帰った後、「博ちゃん大変だったわね。でも心配しなくてもいいんだよ。目白の伯母さんと相談して良い方法をとるからね」ゆったりした口調で叔母が言ってくれたので、昂っていた気持ちが少し和らいで私はコクリと頷いた。目白の伯母にあたる人は、目白駅からバスで二つ目の下落合二丁目に住んでいる父の姉である。私はほとんど変化の無いゆったりした田舎での生活から、思いもしなかった異次元の世界に飛び込んだ感じで、戸惑いっぱなしであった。それでも三人の従弟妹が子供心にも気を和ませるように、屈託なく話しかけてくれたので、凄く救われたのを覚えている。長男は教育大付属中学校、下の二人は大塚の窪町小学校だったと記憶している。そこで長男から児童文学全集を見せられ、借りて読んだ事には吃驚した。学校ではなく自分の家で買ってこういう本を読んでいるなんて、別世界にいる感じがしたのも記憶に残っている。東京に住んでいる家庭はこんなに凄いんだ、これでは負けて当然だとさえ思った。修学旅行で東京に来たことはあるけれど、全然違う感じであった。あの旅行体験は何だったのだろう。多分異次元の空気に少しでも触れさせるために設定されたものに違いなかった。

　早速大塚の叔母が、下落合の目白の伯母の所へ行って相談してくれた。今となっては全日制の高校はないので、目白の伯母の知っている関係で、定時制の高校を受けることになった。運よくなのか、そういうことも加味してなのかは分からないが、その高校は都電の護国寺にあったので、大塚の家から歩いても15分とはかからない場所だった。「博ちゃんよかったね。家からも近いし、通うのも心配ないよ」叔母がほっとしたように言った。それから二、三日経って、試験を受けるために夜その学校へ行った。私は定時制学校という名前は知らなかったし、そんな高校で試験があるということも知らなかった。何もかも分からないことだらけで、ポツンと見知らぬ世界に置かれ、ぐるぐる回されている感じがした。試験用紙に向かって書くと、思ったよりというよりも全然簡単だった。「叔母さん、簡単に出来たみたいです。あれでは多分大丈夫でしょう」私はそっけない言い方をした。「定時制だから博ちゃんには簡単よ」叔母もそっけなく言い返した。

それから少しして、目白の伯母が大塚にやってきた。私はすぐ呼ばれ、伯母の前に座った。目が少しつりあがった、きつい感じがする華奢な人だった。この伯母も田舎でのおじいちゃんの法要の時に会った気がした。大塚の叔母が口火を切った。「博ちゃん、学校側で言うには成績があんまり良いもんだからっていう話なのよ。それで学校側としてはもったいないから、昼間のほうに編入しないかって言ってくれてるわけ。よかったね、これでお前の父ちゃんにも胸が張れるよ。それで良いね」私は何の感慨もなくコクリと頷いた。目白の伯母が「博が成績良すぎるんだよ」と突っ慳貪に言った。私は嬉しいのか、少しばかり馬鹿馬鹿しいのか、複雑な思いでジッと聞いていた。「そうなんだよ、そういうのが普通の流れって言うんだ。俺はそんなこと前から知っていたんだ」私は何の感慨もなかった。

大塚の叔母がいろいろ手続きをしてくれて、学校に行くことになった。これには少々面食らった事がある。まず革のカバンを用意し、革靴を購入しなければならなかった。革のカバンは持ったことがないし、革靴は履いたことがないので、格好悪いことこの上ない。しかしこれが規則という事なので、生まれて初めて革靴を履くことになった。服と帽子は学校指定のものだし、後は照れ臭い顔を少し変えるだけだった。これで何とか格好がつくのかなと思った。「明日の朝になれば、すこしは元気が出るだろう。そうだ俺は若いんだし、春じゃないか。沈んだ気持ちでいたって、そんなことは長続きはしない。もっとパリッとしていこうじゃないか」

翌日目を覚ますと明るい爽やかな朝だった。


『満足感を得るための秘訣は、小さな悩みにくよくよしないことである。そして、ささやかな喜びの芽をすすんで探すことである（リチャード・シャープ／政治家・評論家）』

（『向上心』）


私は希望に燃えていた、と言ってもそうでもなかった。まず全然東京のやり方に慣れてない、それどころか知らないのである。田舎にいた時のような付き合い方は出来ないだろう。どうせ馬鹿にされて仲間外れだろう。気分が躁になったり鬱になったり安定しなかった。「これも自分が招いた事なので仕方ない。自分が悪いんだ。自分がしっかり受け止めなければならないんだ。とに角この場所に立ったのだから、何とかしなっきゃしようがない」。しかし不安な思いはどんどん膨らんでいく。どうしろと言うんだ。私は意気がってはみたものの、先の見通しが全く分からないでいた。

気持ちを変えようと目を遠くにやって見ると、蝶が一匹そよ風に浮かんでいた。薄っぺらな儚い飛び方である。「頼りない飛び方をしているなあ、それに比べて『源氏物語』の〝胡蝶の舞〟における胡蝶は優雅なものだ。今見ている蝶はなんであんな危なっかしい飛び方をしているんだろう。あっちふらふら、こっちふらふら、今の俺みたいじゃないか」。思い直して、『源氏物語』の六条院での〝胡蝶の舞〟に更に想いを馳せてみる。美しくもあり、艶やかで重々しい。現実的でない思いがまた頭の中で重なる。「多分俺は真面目じゃないんだ。人生をその場その場で、うまく切り抜けられると高を括った若造なんだ。自分ではいっぱしの人間だと思って意気がっているものの、取るに足らないちっぽけな小僧じゃないか。この今の状態がそれをはっきり物語っている。もしかしたら俺は根なし草じゃないのだろうか。しっかり地面に足を踏ん張っていない。あっちふらふら、こっちふらふら面白いもんだ。きっとこれぞと決めた信念がないんだろう」。これについて、サミュエル・スマイルズは名著『向上心』のなかで言っている。『信念を持たない人間は、吹きつける風に任せて波間に漂う、舵も羅針盤もない船に等しい』。私の漂い方はそんなところで精一杯なんだろう。「俺なんか無くなってしまえばいい徒ら草さ、自分でもどう生きていけばいいのか全く分からないふざけた人間さ。奈落のどん底へでも落ち込んじゃえばいいんだ」

往歳《いにしとし》　胡蝶の舞の　優美さよ　今はひとひら　蝶風に舞ふ

〝胡蝶の舞〟は華やかで、美しく「重厚、見る者に喜びと、心底からの楽しみ、笑い顔を与えるけど、今見ている蝶は儚く、寧ろ空しささえ感じられる。今に漂っている自分は空しいのだろうか。前途は真っ暗だ」。

案の定学校生活は全然馴染めなかった。入ってすぐサッカー部の人が来て勧誘された。サッカーなんてその頃は知っている人も少なく、自分にも全く分からない。迷っていると、「ボールを蹴っ飛ばしゃ良いんだよ」といみじくも言い放った。それで私は肯いた。二、三日して「今日は部活の練習をするぞ」と急に招集がかかった。放課後すぐだったので、家にも帰れずどうしたものかと迷ったが、言われてはしようがない。しかし校庭はセメント張りだし、あまりにも狭い。どんな練習をするのだろうと考えていると、これから千歳烏山へ行くという。私にはちんぷんかんぷんで訳が分からない。それは校庭内では狭すぎるし、ボールが何処へ飛んでいくか分からないということで、系列の大学のグラウンドが千歳烏山にあるから、練習をするときはそこを使わせてもらうらしい。先輩にネットにはいったボールを持たされ、ついて来いと言われた。私はこういう時は大塚の叔母に連絡をしなければならないという事さえ、知らなかった。炭鉱町にいた時は、こういう状態になったこともなかったし、たとえ連絡しなければならないとしても、どういうやり方ですればいいのかさえ分からなかった。ただ言われるままに動くしかなかった。小銭はすこし持っていた。と言うのは、叔母のやりかたでは月初めに千円の小遣いを渡してくれ、参考書を買うにしろ、何に使うにしろ、自由であった。ただ自分で1カ月間にやり繰りしなければならなかった。勿論余った分は翌月に自由に使えた。月1回の理髪代とサンダルの買い替えは叔母の方で持ってくれた。サンダルの買い替えは、当時木のサンダルだったので、底の減り具合が早かったのである。

千歳烏山までどのように行ったかは記憶がない。多分何が何だか分からない状態でついて行っただけなので、気が動転していたのだろう。着くと大きなグラウンドだった。茫然とした状態で、軽い眩暈さえ感じた。何か知らないけれど木の枠がおいてあり、その後ろに太いネットが張ってある。「どんなものか見ていろ」と言われて見ていると、自分の前にボールが転がってきた。私はすかさずボールを蹴り返すと、「馬鹿野郎、蹴っ飛ばす奴がいるか、手で返すんだよ、手で」。大きな雷だった。「しまった」と私は思った。「こういう事をやるから田舎っぺと言われるんだ。気を付けなきゃいけねえ、田舎のほうでは、こういう事は有りなんだがなあ」。蹴っ飛ばしてりゃ良いという事だけでない事は分かったが、その後は鬱屈した気持ちで過ごした。そのうち暗くなってきたので、帰り支度を始めた。最寄りの駅まで行って、新宿に向かった。新宿に着いたら即時解散と言われた。私はガーンと叩きのめされた。「学校まで行くんじゃないんですか」と聞くと、「そんな無駄なことはしないよ」という返事。平然とそんな事を言うんだから、ここでは新宿に出れば皆自由に帰れるのが常識なんだ。千歳烏山という場所も知らなければ、新宿という駅も知らない。私はどうすればいいんだろう。思いがけない言葉に電車のなかでうろうろし出した。不安で落ち着かなかった。それを見ていたのかどうかは分からないけれど、一緒に入ったと思われる生徒が、「どうしたんだい」と言ってきた。私は渡りに舟とばかり、「自分は大塚に帰りたいんだけど、どう帰ったらいいのか分からない。困っちゃったよ」と泣きべそをかく。「新宿へ行ったら俺が教えてあげるよ」そいつが自信満々に言ってくれたので、私はホッとして、持っていたサッカーボールを見つめて、軽くうなずいた。「これで心配はない、人生なんて何とかなるんだよ、悪く考えりゃ悪くなるし、良く考えりゃ良くなるんだ、そういうふうに出来ているんだよ」

ところが東京にきてからの、最初のどんでん返しが新宿駅で起こった。国電の9、10線のホームまで行ったのは良かったが、山手線外回りではなくホーム反対側の総武線に乗るように急がされた。ベルが鳴っていたのである。私は乗ってすぐ大塚駅は来るものと思っていたが、そのうち皆が電車から降り出して、ぞろぞろ歩きだして別の電車に乗っている。私も同じことをすればいいのだろうと、躊躇いもなく同じ行動をとった。今思うとその駅は中野駅あたりだったのだろう。乗ったのは良いけれど、なかなか大塚駅が来ない。私は不安に駆られた。ボールをカバンの上に置いたり、床まで垂らしたりしながら、少しでも不安を払拭しようとしていた。外はすっかり暗い。電車は走っているが大塚駅は現れない。やばいなあと思っていると、電車が止まって、「立川、立川、終点、終点」とホームのスピーカーがなりたてている。皆が降りて出口の方に流れて行く。私はどうしたら良いのか分からず、そのまま後について行った。改札口があって皆がぞろぞろ出て行く。私はすぐには出られず、皆が出ていくまで見ていた。とうとう一人になってしまったので、不安でどうしようもないが、改札員に切符を渡して出て行こうとすると、「お客さん、お客さん」と大きな声で呼び止められた。「この切符はどうしたんだね」「大塚へ帰りたいんですけど」「これじゃ帰れないよ、大塚駅に行きたいのかい」「済みません、一人で電車に乗るの初めてなもんで。一緒にいた友達が、大塚へ行きたいんだったらこの電車に乗ればいいよって、新宿で言ったんです。それでずっと乗ってきたんですけど、大塚には行けませんよね」「君ねぇ、ここは立川だよ。全然方角が違うよ、大塚駅へ帰りたいのかい」私は泣きださんばかりにホッとした気持ちになった。多分誰かに声をかけて欲しかったのに違いなかった。「ちょっと待ってなさい」と言って改札員は駅員室に入って行った。少しして、先ほどの人が切符とちっちゃな紙を持って出てきた。「大塚駅まで行けるように、切符に処理しておいたからね」と言って切符をみせてくれた。小さなハンコが押してあり、これまた小さな字がごちょごちょ書いてある。「この切符を大塚駅に行ったら出しなさい。それと紙に書いてあるけど」といって、大塚駅へ行くまでの順序を丁寧に教えてくれた。私は本当に感謝の気持ちで、駅員に何回も何回も頭を下げた。

大塚駅に着いたときは、ホッとしたというよりも泣きたかった。駅設置の赤電話に飛び付き、叔母の所へ電話した。連絡もしないでこんな遅くまで、家へ帰って来ないのだから、大目玉を食らうものと覚悟していたが、「博ちゃんどうしたのよ、皆待ってるわよ、早く帰っていらっしゃい」と言っただけだった。私は帰る道すがら、人から預かった東京も全く分からない若者が、こんな遅くまで連絡もしないでほっつき歩いているなんて、心配でしようがなかっただろうにと、すまない気持ちでいっぱいになり泣き出した。泣いて歩きながら、「俺は何処まで迷惑をかけるバカ者なんだ、東京になんか出て来なけりゃ良い人間だったのに、どうして出てきたんだ」。頭の中では否定的な考えが、どうどう巡りをしていた。もうこんな事はお終いにしてくれ、こんな事は懲り懲りだ。

東京の夜は怖い
所々に点いている小っちゃな街灯（電球）が
その怖さを大きくする
漆黒の路を屈めて歩くと
まだ営業している小さな売店に出くわす

明るい灯だけど
すぐ漆黒の路になる
私の帰る路には
もう大きな灯は出てこないだろう
急がなくちゃ

これには後日談があり、大塚の叔父から父に手紙を出したらしい。その返事がすぐそのサークルをやめるようにという返事だった。私は全く知らなかった。しかし私はクラブに念書を出すことになった。自分としては好きで入ったわけではないし、サッカーそのものを知らなかったのだから、当然何の未練もない。ただ、やっぱり私の知らないところで、陰のやり取りがあったんだなと、少しばかり不快感を覚えたことは否めなかった。

これが私が東京に来て、初めて経験した事件だった。当然高校生活でのコミュニケーションなどはあったものではなかった。衝突もしなければ、特別仲の良くなった友達も零に等しい。今思うと3年間どんなふうに過ごしてきたのかさえ記憶にない。記憶にないという事は、欠落していたのだろう。私の人生の中で、全く必要を感じなかった3年間であった。

2

私は自分では大学へ行くものとばっかり思っていた。それが私に敷かれた路線だと疑いすら持っていなかった。どうして既定の事実であると思ったのかは、分からない。それ自体が私の想定内にすっぽり嵌まっていたからに相違ない。そのため学校の勉強とは違ったやり方で学習をしていた。中学の時と同じ受験のための勉強をしていた。それが高校三年になって、すぐに頭から冷水をこれ以上ないというくらい浴びせかけられた。「博、おまえはどこに就職するつもりなんだい？」目白の伯母が突然言い出してきた。私は面食らった。「急にそんなこと言われても……」どぎまぎして返事にもならない。「大塚の叔母さんとも話したんだけどね、私の裏の人が『電電公社』に勤めているんだけど、すごくいい人でね。局長さんをしている人なんだよ、お前さえよかったら紹介してくれるって、言ってくれてるんだけどね。勿論試験を受けなくちゃならないとは思うけど、そんな事はお前にとっちゃどうってことないんだろう。そろそろ良いかげんに考えなくちゃ、お前も親父さんには随分迷惑もかけてるし、この辺で楽させてあげなくちゃね。光子（大塚の叔母）もそれは願ってもないことだと喜んでいるんだけど、おまえの考えも聞かなくちゃ。すぐにとは言わないけど、親父さんももうくたくたなんだろう、そろそろ楽させてあげなくちゃ。だから後で良いからお前の考えを聞かせておくれ、どんな考えでいるのかをね」

　私はどうしていいのか分からなかった。そうか親父には仕送りなんかで、苦労かけっぱなしだったんだ。私はそんな事は考えもしないでいたのだが、そんなものだったんだなあと急に思った。「そうかそうなんだ、それがいっぱしの大人の人間の考える事なんだ。俺はそのいっぱしの人間にも値しない。自分勝手で、人の苦労の上にのほほんと寝そべって一日一日を滞りなく過ごし、平気で食っちゃ寝食っちゃ寝の毎日を過ごしてきたんだ」。こんなことは私の考えの中では範疇外のことであり、気付きもしないで生きてきたこと自体が想定外だった。どうしてそんなこと思いもつかなかったんだろう。普通の人だったら気にかけていたんだろうけど、何の考えも浮かばないで、平然と過ごしてきた私は、やはり人間らしい人間とはいえないのかもしれない。自分に良いように良いように思って過ごしている、それ以外のことには気付かないように、ずるく立ち回って生きてきたのだろう。自分勝手に良い風は自分に吹くようになっていると、そう思い込んで考えもなしにずるく過ごしてきたのだ。私はいってみれば悪人魂の真骨頂であろう。こんなことでは禅僧一休が言い放った人間の一生『人生は食て寝て起きて糞たれて、子は親となる、子は親となる』と全く同じではないか。好きなように過ごし、考えることもなく、ただ単に生きているだけじゃないか。思考的に生きなければならないなど格好良い事を言っているみたいだけれど、結局は考えて生きている証しなど何処にもありゃしない。

　しかし人間は普遍的に考えてみれば、概ね適中しているのではないか。『源氏物語』三十九帖「夕霧」では、光源氏は、息子である夕霧が妻子ある身でありながら、親友柏木の未亡人になってしまった落葉の宮（女二の宮）に思いを寄せ、方々に迷惑をかけている噂を聞くが、『六条院にも聞こしめして、いとおとなしうよろづを思ひしづめ、人の譏りどころなく、めやすくて過ぐしたまふを、面だたしう、我がいにしへ』と、苦渋に満ちながらも平然と言い放っている。夕霧の真面目で堅物な性格を差し引いたとしても、地位が過《す》ぎるのだから許されるには無理がある。この話は単なる流れとしては見られない部分は多々あるが、あまりにも肩を持ちすぎだろう。柏木がどうして亡くなったのか、落葉の宮の後身（後見人）を頼まれた夕霧の葛藤も加味されるべきであろう。だがいずれにしろ人間なんてものは勝手気ままに生きている動物である。品行方正な生き方では生きていくうえで、矛盾が大きく広がっていくに違いない。

さて自分の事に戻ろう。言われてからどうしたものか考えてみた。私は大学へ行くものだとばかり思っていたし、路線はそう敷かれていた筈だった。しかしこんな状態では大学に行けないことは明白である。奨学金制度を利用してみてはどうか、その手はある。しかしそこまでして大学へ行ったとしても、何の取り柄があるんだろう。ただ単にズルズル行きたいだけなのではないのか。それほどまでして勉強したいテーマが自分にはあるのか。私は途方にくれてしまった。どうしようか、どうすれば良いんだ。これまでこの手の考えはしたことがなかったので、深刻ぶってはみたものの、結構チャランポランな考えが頭の中を飛び交って、互いにぶつかり合いをしていた。そして結局はそのうち決着がつくだろうくらいにしか思わなくなっていった。大学へ行ったとしても、何をどう勉強をしたらいいのか、自分には確固たる熱望というのがなかったし、単なる一過性の問題でしかない。考えてみれば眦《まなじり》をたててまで行く必要があるのだろうか。更には私には一つの事を研究するという希望はなく、むしろ文章を書くという思いが強かったので、大学へ行かなくたって十分可能である。私が大学へ行くものだと思っていたのは、身に着いてしまっただらだらした怠惰感と、どうでもいいやといった人任せのチャランポランな考えの相乗悪のせいなのだろう。いろいろ考えてもしようがない。どうせ考えは同じ所のどうどう巡りになってしまうのだろうから、就職するのも一興ではないか。どうせ威張れる人生ではないのだし、下らない人生なら、どっちに行くにしろあまり差はない。難しく岐路を選別する程の事もあるまい。こんなとこが俺の人生だ。ドラッカーも言っているではないか。『無数の選択肢を前にした若者が答えるべき問題は、正確には、何をしたらよいかではなく、自分を使って何をしたいかである』と。自分流に考えるとしたなら、大学に入りたいから一生懸命努力勉強をするのではなく、入ったら自分の力でこういう事をしたいから大学へ入るのだ、でなければなるまい。しかし、もし就職したとしても今までのようにだらだらした怠惰、人任せのチャランポランな性格では上手くいかないのではないのか。サミュエル・スマイルズに言わせれば、『時間の浪費は心に雑草をはびこらせる』（『自助論』）。私はああでもない、こうでもないと自分を守る為の言い訳ばかりして、時間を浪費してきたのではないのか。更に言えばスマイルズはこの本の中で詩人ウォルター・スコットがある青年に与えたアドバイスを引用している。

『スコットに助言を求めにきた青年に「時間を十分使いこなせないと、しだいに悪い性癖に悩まされるようになります。いわゆる〝ずぼら癖〟というやつです。こんな悪癖につまずかぬよう気をつけなさい」。時間の持つ価値を正しく理解すれば、行動もおのずと機敏になる』

この言葉は私には胸を刺すように響いた。結局ああでもないこうでもないと言い訳ばかりしていながら、〝ずぼら癖〟の悪癖に取りつかれていたのである。時間は戻らない、怠惰に時間を過ごせば何も残らないで過ぎていくだけである。私は時間という貴重な財産を無駄に使ってきてしまったのである。この事ははっきりと胸に刻んでおかなければならないだろう。しっかりと自覚しなければ、これからの私の一生はズタズタになって彷徨い続けるに違いない。私は万感の思いを込めてサミュエル・スマイルズの次の言葉を脳裏に刻み込もう。『失われた富は勤勉によって元通りに出来るかもしれない。失われた知識は勉学によって補充でき、失われた健康は節制や薬で取り戻せるかもしれない。だが失われた時間だけは永遠に戻ってはこないのだ』

私には情熱というものがないのか
満ち満ちた野心がないのか
掴み取る気魄がないのか
たんに流れに乗って
生きていくだけなのか
そんなことはあるまい
ただ覇気が少ないだけのことだ
世界の真ん中に出て
ぐるぐる動き廻る気魄に乏しいのだ
ジュリアン・ソレルのように
逞しい野心と精神力を持ち
不撓不屈の闘争心で
並みいる阻む者を相手に戦う
一途な気持ちがない
身の破滅に若干慄きを覚えながら
突っ走る一途さがない
私が欲しかったのは

その一途な気持ちだ
怠惰な心ではないはずだ
チャランポランな気持ちではないはずだ
それなのに怠惰な生活を繰り返して
このありさまだ
ここまで来たらどうしようもあるまい
くたばれ俺の人生！

私が大学へ進むかどうか考え迷った時、文章を書くという思いが強かったと書いたのは、小学低学年の時に先生に褒められた記憶が鮮明にあったからである。小学2年生の時だったと思うが、作文の時間があって皆自由に書かされた事がある。私が書いたのは「私は消しゴム」という題だったと記憶しているが、内容は、「ちっちゃな消しゴムの私は皆の役に立っている、間違った所も消せるし、考えている時いじくってももらえる。だけど時々小刀で切る人がいて私を痛くして悲しませる。とっても悲しい、私は痛くて泣くけれども、誰も気づいてくれない」、というものだった。先生は褒めてくれ、当時磐城郡で発行された文集に推薦してくれ、運よく載せてもらった事である。それからしばらくして、中学の頃からなんとなく書くようになっていた。特にこれと言ったものはなく手当たりしだいで、詩、俳句、短歌、随筆など気分に合わせて書いていた。ノートの隅っこの方に書いていたので、今はどうなっているのかは記憶にない。こんな思いが未だにずっと残っていたのである。

私は大学へ行くことは考えないようにした。その方が気楽になれるし、別れた時の父の顔を思い浮かべると、大学へ行く気にはなれなかった。別のやり方で父の期待に応えようと思った。しかし、今まで怠惰に満ちた生活にどっぷり浸かり過ぎた自分に、一体どれほどの事が出来るのか。描いてきた想定内の路線は何処へ行っちまったんだろう。これはもう私の想定内の思考を越えて、惑星の軌道の範囲に属するものになってしまった。どう足掻いても修正は利かない。今までのように凡々と流れに乗っかって行くしかないだろう。人生なんて99%そういうものじゃないだろうか。しかしそうじゃないと思っている自分が、潰れかけた心の隅っこにへばりついている。「勝手にしろ、どうしようも無くなったら〝流転〟という言葉があるじゃないか、流れに乗っかって転がっていきゃ良いんだよ。これが自然の理っていうものだ」

そのあと、学生最後の夏休みになるであろう長期休暇に、炭鉱の町に帰って父と母にその旨を報告した。母は俯いてじいっと耐えているふうだったが、何も言わずそっと立ち退き、口を「へ」の字に結んだ父と二人きりになった。互いに言葉を発することも出来ず、気まずい思いで座っていた。やがて父が「そうか」とうめき声で小さく低く言った。それから気を取り直すように大きく胸を張り、「人生長いんだからいろいろあるだろう。お前がそうと決めたんだから、それで良い。なまじっか俺があぁだこうだと口を出すものではないだろう。自分の進む道は自分で決めるのが一番良いんだよ。ん……ん、それが一番だ。まして『電電公社』じゃ何の不足もあるめぇ」。父は自分の言った言葉の確認の意味で、何度も肯いた。しかし私には寂寞の翳りがはっきり見て取れた。私も悲しかったが泣くわけにもいくまい。つらい悲しい報告ではあった。私は自分が「電電公社」へ入れるのかも知れずに報告し、父もまた、何の不信感も抱かず報告を「諾」として無念の腹にのみ込んだ。母はずうっと現れず、ビール瓶が空のまま立っていた。

気まずい思いはその日だけで、私は次の日から勝手知ったる周りを、ゆっくり見て回った。鄙びた炭鉱長屋のひっそりとへばり付いた状態、風雨に晒されて傷んだ板塀、更には懐かしいズリ山の方にも足を延ばした。「常磐ハワイアンセンター」はまだ出来ていなかったが、感じさせる工事はしていたように記憶している。私はすこぶる軽快な気持ちで、馬鹿馬鹿しいくらいゆったりした気分になって、ぶらぶら歩き回った。湯本の町の方にも行ってみたが賑やかさはない。やはり炭鉱の不景気が響いていた。

ある時湯本町に出てみて、何気なく映画館に入った。観たい映画であったわけではなく、いつも同じところを廻っていても、しようがない思いからだった。入ってみて途中からだったので、さほど面白くも感じられなかったが、未だに覚えているのは、フランスから起こった〝ヌーヴェル・ヴァーグ〟という言葉と、映画の題名が『墓にツバをかけろ』という過激性の問題であった。さらにもっと度肝を抜かれたのは、挿入された音楽の素晴らしさ、今まで聞いたこともないテンポで奏でられた独特の演奏進行であった。『褐色のブルース』が全編に満ち満ちていた。この音楽は何だろう。以前に『回転木馬』や『二人でお茶を』などの映画を観た事はあるけれど、全然違った音楽であった。何という音楽なんだろう。映画館を出た時には、得体の知れない物を飲まされた感覚で少しだけふらついていたと思う。私は考えもつかない音楽に思いを募らせながら過ごしていた。後になって知ることになったが、これが〝モダン・ジャズ〟だった。チャーリー・パーカーとディジー・ガレスピーによって新しく模索され、辿り着かれた〝ビ・バップ〟系列の音楽というより、モダン・ジャズの成熟した形であった。以後私は〝ダンモ〟にかぶれることになる。

そうこうするうち懐旧の念も十分堪能したし、だらけた生活になってきたように思われたので、夏休みはまだまだ残っていたけれど、父と母に就職したら頑張るからと言い残して、上京の途に就いた。父が大塚の叔父と叔母に「博をよろしく頼む」と言って平然を装って立ち去ったのと同じように、私も平然と立ち去った。母は小刻みに震えて俯いていたし、父は口を「へ」の字に結んだまま、遠い空を虚ろに眺めていた。

不肖の心を覆うのは
季節外れの春霞
はたまた煙る秋霧か

胸に秘めたる我が理念
そは何処にぞ飛び散りて
雲散霧消とあいなりき
悲しきものは我が思い
なにも響かぬ此の思い
父に返せど返せずに
悔しさだけが奈落の底
母に報いど報いずに
悲しさだけが虚空飛び
我のたうち廻ってここに在り
何を支えと生くべきや
支えとなりしは何処にぞ
此の我が拙き思考かな
此の我が拙き思考かな

母は悲しみいっぱいの顔で下を向いたままだった。もしかしたら泣いていたのかも知れない。我が子とこんな状態で別れる羽目になるとは、思ってもみなかったに違いない。笑って「頑張りなさいよ」と、手を振るはずであった。父の無念さは推し量る事さえ出来なかった。口を「へ」の字に曲げたまま、嘯いた眼をしていた。「子を思う道の闇」ではないだろうけど、子を思うあまり分別を失うまいと必死にこらえている姿が手に取るように分かった。自分は自分で大切な人をこんなに悲しませ、何食わぬ顔で平然と上京の途に就く姿が恥ずかしくもあり、堰を切る無念さに居たたまれなくて、唇をこれ以上ないくらい強く噛んでいた。

再上京すると、今までの杜撰な気持ちを変えようと、散歩に行ったり、学校の勉強とは違った本をいろいろ読んでみたりした。大塚や目白の駅近くにある場末の映画館にも行ったりした。勝新の『悪名』、『座頭市』、『兵隊やくざ』シリーズ、雷蔵の『陸軍中野学校』、『忍びの者』、『眠狂四郎』シリーズ、森繁の『社長』シリーズなどが時期外れにかかっていた。特に人気があったのが小林旭の『渡り鳥』シリーズ、『流れ者』シリーズ、『銀座旋風児』シリーズで、『悪名』の〝八尾の朝吉〟ともども『渡り鳥』の〝滝伸次〟、『流れ者』の〝野村浩二〟、『銀座旋風児』の〝二階堂卓也〟などの名前はまだ覚えている。しかし半世紀以上も前の記憶なので、名前の字は定かでない。何故か東映のものはかかっていなかったように思う。

夏休みが終わって高校生活が始まると、学校内も俄然就職の話題が多くなった。それでも大学の付属高校だったので、思ったよりはゆったりした雰囲気の中で、過ごしているように思われた。私は何事も起こらないと思っていたり、平気で笑い合ったりしている奴らを見て、のほほんと過ごしている下らない脳天気のバカ者どもが、ボッティチェッリが描いたダンテの

『神曲』「地獄篇」の〈地獄の見取り図〉にあるように、悉く落ちてのたうち廻ればいいのだと願った。「お前らにはなんの価値観もみられない。ただ笑って何の心配もなく生きているクズだ。人生なんてこれっぽちも考えたこと無いんだろう。俺だってそうだ、俺にだって価値観なんか見られるものか。いや、俺はもっと酷いだろう。自分の気持ちに他人を強引に引きずりこもうとしているのだから。いずれにしろ俺を含めて、なげやりで怠惰な生活を思う存分している勘定になる。そんな者には懲罰を与えるべきだ。滞りなく地獄の底へ真っ逆さまに落ち、俺と一緒に地獄の底を這いずり廻ればいいんだ。そうだ、それが一番ふさわしい。俺を含めてどいつもこいつもそうなるのが一番いいんだ。しかし、そんな先鋭的な突端をいくら磨いて振り廻しても、何の変化もありゃしない。ただ単に今までと同じ生き方をしている。何にも変わりゃしないのさ。変えようとしても変わる事なんかありゃしない、人生なんてそんなものさ」私は冷静であった。自分の考えの中には、少しのズレはあったかもしれないが、しかしそれは取るに足らないズレである。私にとって自分の思考は狂っている筈がない。人生くたばれ！

しかしくたばる前に、考えなきゃならないことがあるんじゃないのか。自分こそ受動的に変化を求めているにもかかわらず、能動的にそれを求めようとはしていないのではないのか。何がどう変わればいいのだ。自分が納得するような変わり方とは、どういう変わり方なのだ。自分が望む変化を求めるのであれば、当然自らを変えなければならないことに違いない。

『すべての人は世界を変えたいと思っているが、自分を変えようとは思っていない』
（トルストイ／作家／ロシア）

「世界」を変えたいとほとんどの人は思っている。しかし変えようと思わないのが「自分」だとトルストイは言っている。それ程「自分」を変えることが難しいのだろうか。それとも「自分」を変えるという思いそのものが全く浮かばないのか。でも「自分」を変えなけりゃ「世界」も変わらないし、勿論「人」も変わらない。もし真剣に変えようと思うのなら、まず自らが変わるしかない。もっと言えば変えるしかないのである。ここまで考えてきてひと段落したと思っていたら、未だ先があった。〃人生くたばれ！〃と意気がって叫んだ事である。

行き場のない思考の中で、思考が浮いたり沈んだりとび跳ねたり潜り込んだりしている。「待てよ」、私は小っちゃな頭で思い止まる。「さっきは人生くたばれ！　などと意気がっていたけれど、人生なんてそんなに捨てたものなのだろうか。途方もない確率で生まれてきたのではないのか。選ばれて生まれてきたとは言わない。しかし、出生してきた事は、気の遠くなるような偶然が重なりあってのことではないのだろうか。釈迦の教えに『盲亀浮木の譬え』があるが、それくらい偶然の重なりが必要なのであろう。それならばその奇跡を自分なりに活用すべきで、出生を受けたものとして義務が伴うべきものであろう。俺だってこれから自分の仕事を持って、世の中に羽ばたかなければならない時だ」。私は考えてはへこみ、へこんでは考え直してみる。私にとっては出生したことに対して、それほど深く考えたことはなかった。どうして生まれてきたのかはしようがない。でもその後は自分の考えで生きていくしかないのだろう。私はどうしたらいいのだ。何処に救いを求めたらいいんだろう。こんな考えを持つなんて途方に暮れてしまいそうだ。しかしこのままでは居れない。どこかに道案内を求めなければ。それにしてもしっかり歩んでいく気持ちを高らかに謳い上げなくちゃ相手にはしてくれまい。話はそれからだろう。これ程とてつもない偶然が重なりあって取得した私の人生なのだから。

『人生は後ろ向きにしか理解できないが、前向きにしか生きられない』

（キルケゴール／哲学者／デンマーク）

これに関して言えば、「人生は前向きにしか生きられない。前向きに生きるべきだ。そうでなければ自分の人生は目標を失ってただ単に生きているだけになってしまうだろう」と言っているのだ。そしてスマイルズの『自助論』にも書いてあるように、『天も、人も前向きに生きる人しか助けない』ことを早く知るべきだ。そうだ、自分にとってはこれからこそ翼を大きく広げなければ。大きく羽ばたいて、思いっきり飛んで行かなくちゃ。「俺には出来る、出来るはずだ。今まではゆらゆらした気持ちで生きてきたが、真ん中に一本太い筋を差し込めば、何とかなるだろう。人生なんて気持ちの持ちようさ、自分の考えをはっきりさせればいいんだよ。

ただこんな尖った考えは少し緩めた方がいいだろう、仁王禅を提唱した禅者鈴木正三の言うように。『さし出《いづ》る　鉾先折れよ　物毎に　己が心を　金槌として』（鈴木正三）」

3

私は就職試験を二カ所で受けた。どちらも「電電公社」ではあったが、それぞれエリアが違っていて、保守する範囲によって分けられていた。一回目は「関東電気通信局」に入る為に、浦和に行くことになった。何処で試験を受けたのかは記憶にない。二回目は「東京電気通信局」に入る為で、京王線明大前の「明治大学和泉校舎」で試験を受けたと記憶している。二回受験したのは、一方は「関東電気通信局」のエリア、つまり東京23区を除いた、東京、神奈川、埼玉、千葉など関東のエリアであり、もう一方は「東京電気通信局」のエリアで東京23区内にかぎられたエリアの職場だったからである。都下の市部や島嶼は範囲の中に入っていなかった。目白の伯母の提案で、間違いのないようにということで二カ所受けたのである。私は黙って従った。ここに来て間違いは許されない。運良くというべきか、当然というべきかは分からないけれど、どちらも採用となった。後で知ったのだが、本社採用もあったということである。

本社採用は〝A採用〟と言われていたらしい。でも今となってはどっちでも良いことである。目白の伯母の選択で「東京電気通信局」に決まり、大手町のビルで入社式が行われ、考えてもみなかった大勢の新入社員が集まった。たまたま側に座っていた人が話しかけてきた。高橋宣雄と名乗ったが、彼が私の終生の同輩となった。

いつもだと大久保訓練所に入れられるのだけれど、採用された人が多すぎた為に、6班と7班は新宿にある家庭クラブに移された。珍しい丸型ビルの文化服装学院の側であった。当時はまだ都電が走っていて、新宿から杉並方面へ運行されている都電で通った。始発の新宿乗り場のまえに「栃木屋」という猪の彫刻の大きな看板がかかった店があり、不思議な何とも言えない気持ちになった事を覚えている。甲州街道沿いで京王線がしょっちゅう走っていて、いつも遮断機が下りていた。当時地下に潜る為の工事が並行されていて、ぐちゃぐちゃだった交通の記憶が腹立たしさの中に蘇ってくる。当然自動車の動きは悪いし、都電に至っては生半可なものではなかった。家庭クラブで電話に関する基礎の勉強をしながら、お互いに打ちとけあっていった。私は6班で、高橋君は偶然に7班だった。家庭クラブの教室は広い所で、6班と7班が一緒に学ぶことになったが、勿論班の区切りはある。しかし高橋君は私の隣の席に座ってしまった。それでそのまま過ぎてしまったのだが、私にもその方が心強かった。「そうなんだ、人生なんてうまく過ぎていってしまうんだよ。何の考えもいらない、危惧する考えなんかこれっぽっちもいらないんだ。人生なんて簡単さ、あまり深く考えずに生きていけばいいんだよ。

ただそれだけの事さ」

休憩時間になると皆部屋を出て、階段の踊り場で煙草を吸った。私は煙草は喫った事がないので手持ち無沙汰でいると、高橋君が「煙草は喫わないのか」と聞いた。「親父も喫ったことはないし、煙草そのものも考えたことなどないんだ」私は無視した。「へえ、珍しいな。気分転換になるから喫ってみなよ」すぐさま挑んできた。「いらないいらない」私は手を振って拒んだ。その時はそれっきりだった。ベルが鳴ったので教室に入った。次の休憩時間にも、皆階段の踊り場で煙草を喫っていた。数日間そんな日が続いた後、私は煙草を喫ってみようかなという気分になって、高橋君から一本貰った。「パール」という煙草だった。喫い方が分からないので口でパクパクしていると、「少し胸に吸い込まなけりゃ駄目だよ」と注意があった。私は少しだけ胸に吸い込むと、咳が止まらない。身を屈めたり伸ばしたりしながら、やっと止まった。「全部吸い込んじゃ駄目だよ、ちょっとだけ吸い込むんだ」と言いやがった。「少ししか吸い込んでないんだけどなあ、やっぱり俺には合っていないな」。そのうちベルが鳴ったので教室に戻った。

私は就職してからすぐ、大塚の叔母の家から200メートルと離れてない、松村さんの下宿に間借りした。2階建ての建物で、2階の部屋を借りる事になった。3畳間の部屋だったので簡単な机と椅子とチャチな本立てを入れると、寝るための布団を敷くのが精一杯だった。家賃は当時畳1畳が1，000円と相場が決まっていて、場所が国電大塚駅と地下鉄新大塚駅に近いし、便利な点を加味するともう少し高いとは思っていたが、叔母の口利きで3，000円にしてもらった。

基礎訓練が終わって私が配属になった職場は東京電気通信局京橋地区管理部東銀座電話局であった。歌舞伎座のはす裏手に当たり、当時は側を流れていた京橋からの川がせき止められ、高速道路になるはずだった。歌舞伎座の前の道路を挟んで、東劇があり、築地警察署があったと記憶している。少し入ると新橋演舞場があったはずである。東京に出てからの職場にしては、最高の部類に入る場所への配属だった。高橋君は浜町電話局、蔵前中継所のある所だった。

私の得意そうな顔が思い浮かぶというもんだろう。東京湾に近いとはいえ、『ざぎん』である。もう田舎出なんか言わせるものか。今でこそ歌舞伎座の裏手と言ったほうがインパクトありそうだが、当時の事を振り返ってみると、歌舞伎座も新橋演舞場も目じゃ無かった。むしろ東劇の方に興味があったくらいである。交通機関も地下鉄東銀座駅などはまだ無く、国電有楽町駅で降り、松屋デパートの脇を通って出勤した。胸を張り得意満面だった。帰る時はわざと有楽町駅を通り越して、日比谷公園に出て星を見てとか、曇り空の時にはひっそりと佇んでいる日比谷公会堂をそれとなく見ながら、胸に沸々とたぎる思いをいっぱい吸い込んで、国電で帰る毎日だった。

そのうち春闘に入り、いろいろな職場の組合員が赤い大きな旗を持って、ひしめき合った。我が全電通（電電公社の組合）も駆け付けることになった。日比谷公園はごった返しであふれんばかりだったので、京橋地区管理部としては今回は日比谷公会堂の側とか、次の時には何処どことか集合場所を決めていた。京橋地区としても銀座局もあるし、東銀局もあるし、京橋局、築地局もあるので、局単位に出かけても京橋地区としてはバラバラになる可能性があった。その為京橋地区では集合場所を決めていたのである。今思うと入社したばかりなのに、大声を張り上げて意気揚々とふるまっていた記憶が蘇る。屋台も結構出ていて何となくわくわくした気分で参加したことは否めない。ベアの獲得というよりもお祭り気分の方が強かったと思う。

思い返せば父が炭鉱町で組合の役員をやっていた時、今でいう春闘といっていいのかどうかは分からないが、ベア獲得で団交に入った事があった。その時、スローガンとなる標語を募集したことがあって、当然父も組合員として応募した。そして父が一當に当選したことがあった。賞金をもらってきて嬉しそうに笑っていたのが、幼心にも記憶に残っている。父は得意そうに自分の標語を繰り返し繰り返し言ったものだった。

『1に団結　2に交渉　3に我が家のえびす顔』

これは私が覚えていたもので、幼かったこともあり、もしかしたら言葉の思い違いはあったかもしれない。ただその時は「うちの父ちゃんて凄いな」と思った事は間違いない。後になって私が小学二年の時に、作文で磐城郡の文集に載せてもらったのも、そんな系列なのかなあ。

更に言えば私の家には小さな黒板があり、備忘録ではないけれど、連絡しなければならないことや、そのほかいろいろなことを必要に応じて書くようになっていた。年末になるとラジオから今年の十大ニュースが流れて、父が黒板に一生懸命書いていた姿が脳裏に浮かんでくる。

閑話休題、当時の私の興味はロードショウを観ることだった。丸の内ピカデリーには『ウエスト・サイド物語』がかかっていたし、スカラ座では『哀愁』がかかっていたと思う。それから東劇、ニュー東宝、日比谷劇場、有楽座、シネラマの大画面で有名だった帝国劇場へも行った。京橋の方へ行ってテアトル東京だったと思うが、三船敏郎とチャールズ・ブロンソンとアラン・ドロン共演の『レッド・サン』も観た。赤いカーペットが素晴らしく、強い印象が脳裏に焼き付けられたのを憶えている。実は『レッド・サン』は後になって結婚した家内と観に行った映画だった。そんなことを考慮に入れるとこの映画を観たのはずっと後の話かもしれない。この点に関しては記憶が少し入り乱れていると思われる。と言うのは家内と初めて観た映画はパティ・デュークとアン・バンクロフト共演の『奇跡の人』であったからである。

父が炭鉱の町から出てきて横浜にある会社に勤めた時、家族も一緒に出てきて、姉が父と一緒の会社に勤めることになった。その会社で姉と家内が電話交換手として同僚であったのである。姉が銀座を見たいと言うのでデパートへ行くわけにもいかず、スカラ座にかかっていた『奇跡の人』とあいなったのである。そのとき一緒に来たのが家内であった。私は姉の友達という事で何の感情も抱かなかったけれど、後になって家内に聞いてみると、私は手に雑誌『世界』を持って意気揚々と人通りをすり抜け生意気な感じだったという事だった。こんな流れを思うと『レッド・サン』を観たのはこの時期ではなかったらしい。まあ、わくわくして過ごしたこの時期は自慢にはならないけれど、ある期間には観ていないロードショウ館はなかったという自負が記憶に残っている。

有楽町の駅を出てすぐの道路を職場に向かう道順としていたが、駅を出るとすぐ右手に丸の内ピカデリーがあり、道路の向こう真ん前に東映パラスがいつも目の中に入り込んできた。しかし東映パラスに入った事はなかった。多分洋画で精一杯だったのだろう。私は有頂天だった。「何でも持ってきやがれ」の気分だった。手には『世界』を持って、意気揚々と歩きまわった。最初の頃は映画『ウエスト・サイド物語』の影響もあって、少し底厚のバスケットシューズを履いて闊達に動きまわっていた。

そんな夢のような毎日が重なり、夏が過ぎて秋になる頃には浮き浮きした生活にも慣れ、少し余裕が出てきた。「恋人でも欲しいなあ」行きつくところはそんなところである。しかし銀座に出てくるようになって半年足らずなのに、そんな話は土台無理である。大塚駅を降りて夜道を下宿に帰る途中、行き慣れた店で夕食を食べていくのが精一杯だった。これが冬になるとそこに寒さが重なる。部屋に暖房はない。「帰りに4合瓶でも買っていかなきゃたまらないっていうものさ」と嘯くしかなかった。寒い日は布団だけでは温もりも取れないだろうと、座布団があったのでカバーのチャックを開けて足を突っ込み、座布団を上にして寝た。

凍てつくような
夜の帳の中で
俺は一人
机に向かい
何をするともなしに
薄汚れたスタンドの裸電球を見詰める
鈍い柔らかい明りが
眼のなかにぼんやりと浸みこむ
じいっと見詰めていると
次第に思いが高ぶり出し
押し上げられていく
どんどん押し上げられ
押し上げられていくと
眼に涙がにじみ出る
もっともっと押し上げられると
眼の中が涙でいっぱいになる
そしてついには涙が落ちる

それと同時に頭も垂れる
どうすることも無い
俺は駄目だ
何にも出来ない
俺には何にも無いんだ

朝起きると気分的に躁になり、帰りに大塚駅に着くと鬱になりそうな毎日が少しずつ続く感じだった。「これではいけないいな。何とかしなければと思うが、如何すればいいんだろう。しようがない、まあこのままいくしかないだろう。良かれ悪かれ如何しようも無いんだから」

或る時こんなことがあった。宿明けで朝帰る途中、銀座4丁目付近に人だかりが出来ていたので、足を止めて何だろうと見ていると、通りすがりの人が「裕次郎だ」と言って、駆ける姿があった。そのうち「浅丘ルリ子もいるぞ」ということになった。私も行ってみようかなと思ったが宿明けの疲れもあったし、どうせあの人だかりでは見ることも出来ないだろうと思って、少しの間ぼんやり眺めていた。後で聞くと『銀座の恋の物語』のロケらしかった。私はそれを聞いて、さすがは銀座だと思った。「これではこのまま行くしかないだろう。こういう事が何でも無くある所なんだから」

給料1カ月9，800円は前期と後期に分けられ、前期は9日に4割、後期は25日に6割出ることになっていた。今で言う銀行振込ではなく、当日現金で渡されていたので、庶務担当の人から呼ばれて、含み笑いをしながら取りに行く顔、顔が今でも懐かしく思い出される。夏のボーナスが出た日には先輩が銀座の〝天國〟に連れて行ってくれ、天丼をおごってもらった記憶が、おいしかった記憶と相まって思い出される。またある時は先輩に連れて行かれ、〝ニュー美松〟だったと記憶しているが、わくわくした気分で付いて行った事があった。私もその頃には銀座の〝ニュー美松〟、新宿の〝ACB〟等の噂は聞いていた。薄暗いテーブルに座って飲み物を飲んでいると、先輩が小さな声で「松尾和子だよ」と言った。私はびっくりしてステージを見上げたが、少し遠いし薄暗かったので確認できなかった悔しさは今でも微かに残っている。それでも電流のようなものが走ったと見え、ぶるぶる震え出した記憶は残っている。なぜならロカビリーから始まって、その流れはまだまだ続いていたので、延長とはいえないまでもハスキー女王の事はラジオで知っていた。「そうだ、これが銀座なんだ、俺を狂わせるくらい魅力がたっぷり詰まった銀座なんだよ。俺はそこに居るんだ、紛れもなくそこに居るんだ、これでなきゃ」

舞い上がってしまった私の優柔不断なこの考え、それをベースにして続けられている行動は、サミュエル・スマイルズにバッサリと切られてしまう事になる。

『見事に練り上げられてはいるが言葉だけで終わってしまうような目的、かけ声ばかりで実行されない行為、いつまで経っても手が付けられない計画――これらはいずれも、ほんのちょっとした勇気ある決断がなされないのが原因である。口ばかりで何もしないなら、黙っているほうがはるかにましというものだ。……行動こそが大切なのだ』

（『向上心』）

これについてはローレンス・J・ピーター（教育学者・著述家／アメリカ）も同じことを言っている。

『失敗して、前に進めない人には2種類ある。考えたけれど実践しなかった人と、実践したけど考えなかった人だ』

「待てよ、得意がって楽しんではいるけれど、俺の中身の濃い筈だった思考は何処へ行ってしまったのだ。以前はもっと思考的な時間を過ごしていたのではないのか。このまま浮かれた人生を、上っ滑り状態で過ごしてしまってもいいのだろうか。時々空しい思いがするのはなぜなんだ」。それでも私はだらだら流れていった。「そうするしかあるまい、どう変えりゃいいんだ。人生なんて流れに乗っかって行くしかないんだ、深い思考などはその後ゆっくり働かせりゃいいんだよ」。私はやはり浮かれ有頂天になったままだった。

しかし頭のどこかで引っかかる棘となってくすぶり始めた。「実際問題としてどうすりゃいいんだ。こんな毎日で良いのだろうか。少なくとも俺にはもう少し高い理念があったはずだ。それで学生時代を過ごしてきたのではないのか。俺の小さな思考でも、流れに乗っかって人生を過ごすなんて是としなかった筈である。思い余ってそんなことを口走ったこともあっただろう」。しかしそれは行き場がなくなった思考の果ての逃げ口であった。私は楽し過ぎる現実と、萎縮しそうな思考の狭間に落ちそうになった。ここはサミュエル・スマイルズに頼むしかないだろう。

『われわれはみな「善悪の選択は、その人間の自由にまかされている」と感じているはずだ。つまり、人間とは水面に投げ出されて流れのままに漂う麦ワラではなく、むしろ立派に泳ぐ力を備え、波にさからって自分のめざす方向へ十分進んでいけるもの』

（『自助論』）

そんな事は私にも分かっていた筈である。しかしスマイルズのこの言葉には、どこかじっくりと考えさせられる、ゆったりとした動きが感じとれる。何処彼処でではなく、感性の問題であろう。

ところで今までに私の〝理念〟という言葉が何回か出てきたかと思う。それについて一言述べておいた方がいいのかもしれない。こんなことは言いたくても言うべきことで無いのは分かっている。しかし流れとして避けることは出来ないことだろう。そこで私の理念としていた事について、申し上げたい。それは〝私にとって自分の思考可能な範囲内で、思いつけるギリギリの線を越して達成可能な考察に至ること〟であると理解してもらって結構である。文章では表せないが、矢張り言葉で表さなければ理解してもらえないだろう。そこでまたスマイルズの言葉を引用させてもらう事になる。つまり、

『物質的にではなく精神的に豊かになり、世間的な名声ではなく真の名誉を求め、学問を修めるよりは徳のある人間になり、権力をかさに着て権威を振り回すのではなく、正直で誠実で高潔な人格を目標にしなければならない』

（『向上心』）

となる。この事についてもう少し言わせてもらえば、スマイルズに会えたからそう思ったのではなく、高校受験の時あたりから少しずつ固まっていったのだと思っている。それが漠然としてこれだと思うほどにはなっていなかったが、方向性は何となく見えていたはずである。更に言わせてもらえば、スマイルズが言っているほど高潔な理念ではなかったと思う。もう少し泥やほこりが混じっていたことは否めない。それが固まり始めたのはプラトン、パスカル、バ

ルザック、スタンダール、ドストエフスキーに会ってからだろう。しかしそれでも流動的ではあった。枠ははみ出ないけれども、その後読んだ書物に揺らいだことも多々あった。しかし大きな流れは変わらないできた。もしかしたらこれに「性悪説」、「性善説」が絡んできたかもしれない。

年が明けて春になる頃、妹が何の前触れもなしにやってきた。大塚の叔母からチラッと聞いたかも知れないが、記憶に残ってないという事は、もしかしたら父が裏で大塚に頼んでいたのかも知れなかった。ともかく妹が上京して来た。父と一緒に上京したのかも記憶にないほどであった。大塚の叔父は自宅に地続きの事務所を構えていて、税理士の仕事をしていた。未だ手広くは無く、時々叔母が手伝うくらいの範囲だった。そこに社員という名目ではないけれど、働かせてもらいたいという事だったらしい。もしかしたら私の後を追って、上京を夢見ていたのかもしれない。当時は井沢八郎の『ああ上野駅』の歌がはやっていて、東京を目指して就職を希望する若人があふれていたものだった。詳しいことは分からないが、いずれにしろ叔父の所で働くことになった。下宿先は松村さん家の、私の下の部屋が空いていたのでそこに決まった。私と妹の年齢差が合わないのは、実は私が上京した年に受験に失敗しただけではなく、前年にも失敗していたからである。その時から仲間内では〝あいつは本番に弱い〟と言うレッテルが貼られていた。私も自信はあったと思うのだが、その場に直面すると〝どうしようもない〟状態になってしまうらしい。自分でもどうしてそんな状態になるのかは分からない。本来なら

2歳差なのだがこれで1歳差になってしまっていた。「自分としてはどうしようもあるまい。たかが此れ式の事で、びびって思うように出来なかったのだから」。底に何かを引き摺ったようなやや不安定な性格は、こんなところにも二度失敗してしまったという悔いの原点がへばりついているのだろう。これについてはどうしてそうなってしまったのかいろいろ考えていた。自分でも不可解だし、絶対にそんなふうになるはずがない。でもなってしまった、どうしてなんだろう。こんなことをずうっと引き摺ってきていたが、もしかしたら理解できるようなヒントが見つかるかもしれない気がしてきた。今、自伝を書いている途中『東大で文学を学ぶ』（辻原登）を読んでいるのだが、亀山郁夫との対談があり、亀山がそこで言っている。私が好きなドストエフスキーの『罪と罰』のラスコーリニコフがどうして殺人に至ったかについて言っている言葉です。長いけど自伝を書きたいと思ったのはここに凝縮されているのではないかと思われたから引用してみたい。少なくとも自分の理念を形成した一端は間違いなくここにある。

思考の順序はこの際問題ではあるまい。ラスコーリニコフ的な思考に至るようになったのは、自分の周りに対する自分の見方だと思う。自分は選ばれた人間なんだと微かに思った瞬間、否応なく粗暴な思惑がへばりつく。ラスコーリニコフの「犯罪について」の論文然り、「非凡なる人間には一線を踏み越える自由がある」。私にはこんな大それた考えはないはずだったが、知らず知らず少しずつ心に忍び寄ってきてしまったのだろう。

亀山郁夫の話に戻ろう。

『ドストエフスキーの文学との再会以降、この何年間か、キーワードとしている言葉があるんです。それが「黙過」です。神による人間の見捨て、ということですね。馬殺しの夢を見、そのあまりの残酷さから、老婆殺しの妄執を吹っ切ったはずのラスコーリニコフがセンナヤ広場に立ち寄る。……ロシアのある研究者が、その瞬間にラスコーリニコフに「黙過」が起こったのだと書いている文献を読みました。ロシア語では、「パプシェーニエ」というのですが、ドストエフスキーは、これだ、と直感しましたね。あのとき、神はラスコーリニコフを見捨てたという事です。つまりそのまま下宿に帰っていれば、おそらく老婆とその義理の妹を殺すこともなかった。しかし「黙過」が起こり、同時に彼はまったく盲目的な運命の支配下に入っていくわけです。ところが、「黙過」という視点を持たずにこの場面を読むと、殺人の妄執から解放されたラスコーリニコフがセンナヤ広場へ、そして殺人へ向かったのは、彼の自由意思の行動として読み取られてしまう可能性がある。ドストエフスキーはそう書いていないと感じた（亀山）』

ここの謎は難しいし、ここがミソだと思った。こんなすごい分析を出来る人がいるんだ。私には義理の妹まで殺害に及ぶストーリーの流れに動顛して、そういう思考には至らなかった。今にして思えばそうかなと思うしかない。それでも今こうしてこんなことを知り得る入り口に立てるなんて、私の長かった愚考察もやっと日の目が見えたというものだ。私にもあの時「黙過」が起こったのだ。自分では気づかないできていたが、確かに私にも「黙過」が起こっていたのだ。そうとしか考えられない。嬉しくて飛び跳ねたい心境だ。私は自分の人生に対してどうしようもないものを見たような気がした。これなんだろう、私に人生なんて分かるはずがない。どうして生まれてきたのかも分からない自分に、この文章がヒントを与えてくれた。私にはつらいけど受け入れて生きていくつもりである。「黙過」こそは私の逃げる最後の砦なのだ。

妹が来てから私の毎日が一変した。食事こそ今まで昼は電話局の食堂、夜はいつも帰りに寄る店で済ませたが、休みの日は用事がない限り、あまりぶらぶら外へ出なくなった。妹の方も叔母の家で食事を済まさせてもらっていたらしく、帰ってから炊事をするようなことは無かった。

休日はパンを買ってきて、妹の部屋で一緒に朝食兼昼食を済ませていた記憶がある。二人で何をすることも無く、部屋で朝早くからお茶を飲んだり、私が持っていたトランジスターラジオを聞いたりしてぼんやりと過ごした。そのうち私が本でも読んだ方がいいだろうと言って、持っている本を持ってきて回し読みした事があった。妹もすぐ慣れて自分で世界文学全集を購入した。河出書房の緑表紙の本で、記憶違いで無ければ「グリーンブックス」と呼ばれていたと思う。私も借りて読んだ。自分にも新鮮でこうしてみると世界文学には馴染んでいなかったのかなと少し恥ずかしい感じだった。ここでスタンダール、バルザック、モーパッサン、ゾラ、ヘミングウェイ等いろんな作家と出会う事が出来、バルザックだったと思うが〝二律背反〟という言葉も知ることとなった。その後私は「新潮世界文学」を全集で出している中で好きな作家だけばら買いし、ドストエフスキー、ヘッセ、ヘミングウェイ、スタインベック、フォークナー、カフカ、サルトル、カミュ等を読んだ。特に私が愛読したのはドストエフスキーだった。『罪と罰』は勿論のことであったが、『死の家の記録』には凄いショックを受けた記憶がある。しかし今書棚を見てみると、『罪と罰』、『白痴』、『未成年』はあるのだが、『死の家の記録』は残っていない。「グリーンブックス」で読んだのかもしれない。こんな状態で世界文学にどっぷりだったので、そのせいだかどうかは知らないがずっと日本文学には接したことが無かった。私が一番最初に読んだ日本文学は、中学二年の時で二葉亭四迷の『浮雲』であった。それから受験勉強に方向を転換させ忙しくなったので（本当はそうでもないのだが）、日本文学は読んだ記憶が無い。何故『浮雲』を読んだのかすら思い出にない。自分にとっては受験用のもので、単なる通過点であっただけにすぎないのであろう。取るに足らないことであるのは間違いない。「悪人正機」も受験のためだったのだろう。こちらの方は記憶に残っている。こんなことを言うのは、自分にとって「作りもの＝小説」は合わなかったのかもしれない。それでいて後になって下宿の妹の部屋で、スタンダール、ドストエフスキー、ヘミングウェイ等の小説を読んでいたのは、どう言えばいいのだろう。面白かったからとしか言いようがない。大きなことを言っているけれど、自分はそれまで小説と言われるところのものを読んでいなかったのだ。うわべを安易な気持ちで引用して、ずるく自分なりのものとしていたのに違いない。こういう事は許されるべきことではない。

『われわれは、何ごとも徹底的に、しかも正確に学ぶ姿勢を基本に据えなくてはいけない。知識の価値とは、どれだけ貯えたかではなく、正しい目的のためにどれだけ活用できるかにある。わずかな知識でも、それが正確かつ完璧なものであれば、上っつらの博識より現実的な目的にははるかに役立つ』

（『自助論』）

確かにサミュエル・スマイルズの言う言葉に間違いはないし、何の不足もない。問題があるとすれば私のチャランポランな本の読み方、勉強の仕方だろう。この萎えそうな思いにスマイルズと肩を組んで私にのしかかる人物がいるとしたなら、アナトール・フランス（作家／フランス）だろう。

『教育とは、あなたがいかにたくさん記憶するとか、また、いかに多く知るかということではない。それは、あなたが知っていること、知らないことをきちんとわかるようにすることである』

今、冷静に思い返してみると本当に適当な感覚で生きていた人間であったと恥じ入る。「俺はずるい人間なんだ、間違いない、くたばれ俺の人生！」

悔やまれることはその時点で、サミュエル・スマイルズをもっとしっかりと理解していなかったことである。『自助論』を真剣に読んでいればもう少しはましな人生を送れたかもしれない。自分は読むべき本を間違えた感覚で読んでいたとしか言いようがない。それとも読み方そのものが全く分からないで、ただ単に読んでいたとしか思えない。その時にはそういう考えには至らなかった。今この年になって思うということは痛恨の極みである。同じくスマイルズの『向上心』で訳・解説の竹内均は言う。

『「鉄は熱いうちに打て」――鉄の熱さ、やわらかさには恐ろしいものがある。ふり下ろすひと打ちひと打ちが、その人の生き方や器の大きさ、形を決めてしまうからである。だから、若いうちは、自分のためになるなら、とにかく打たれて自分を鍛えることがきわめて大切であると思う』

この言葉は前からも絶えず言われていた言葉である。しかしスマイルズはもっと突っ込んで言っている。

『われわれは、鉄を熱いうちに打つだけでなく、鉄を熱くなるまで打ちつづけなくてはいけないのである』

私は読むべき本をしっかり読むことさえ出来なくて、無駄な時間をのんべんだらりと過ごしてきてしまったのである。就職する前に脳裏に刻んだはずのサミュエル・スマイルズの言葉も忘れていたのだろう。〝ずぼら癖〟は直っていなかったのだ。ここでもう一度出さなければならないなんて！

（『自助論』）

『世俗の富なら、過去に放蕩の限りをつくしても将来倹約に励めば、それでつりあいがとれるかもしれない。だが、「今日浪費した時間は、明日の時間を借りて埋め合わせよう」などと誰がいえようか？』

（エクセター大聖堂のジャクソン司教／『自助論』）

下らない自分の人生を戻したいとは思いたくない。しかし残念ではある。悔しい、悔しいけれどどうしようもあるまい。怠惰とチャランポランとずぼら癖の三重奏では。自分はここでしっかり考えなければならない。自分は実際、地に足をつけて今まで人生を送ってきたのだろうか。格好いいことばかり言って生きてきたみたいだけど、そんなことはないと言い切れるだろうか。『今のこの人生を、もう一度そっくりそのまま繰り返してもかまわないという生き方をしてみよ』（『ツァラトゥストラはかく語りき』ニーチェ）。こう言われてしまうとグウの音も出やしないではないか。

竹内均については知っていた。科学総合誌『ナショナル　ジオグラフィック』に記載された記事・内容をベースとして発刊された『Newton』の初代編集長であった。『Newton』は創刊号から購読していた。それを機縁に『ナショナル　ジオグラフィック』も読むようになっていた。どちらも年契約購読であった。この事は私に科学、冒険、世界の興味ある出来事に多大な興奮を持たせてくれ案内してくれる、大きな指針になったのは感謝の気持ちも含めて、以後ずうっと心の中に残っている。思えば、素晴らしい出会いであったし、知識を得るうえでこれ以上ない師であったことには間違いない。

フリードリヒ・ニーチェは『悦ばしき知識』の中で次のように言っている。

『わたしたちが読むべき本とは、次のようなものだ。読む前と読んだ後では世界が全く違って見えるような本。わたしたちをこの世の彼方へと連れさってくれる本。読んだことでわたしたちの心が洗われたことに気付かせるような本。新しい知恵と勇気を与えてくれる本。愛や美について新しい認識、新しい眼を与えてくれる本』

（『超訳　ニーチェの言葉』）

このニーチェの言葉をかみしめるたびに私は『ナショナル　ジオグラフィック』に会えて本当に良かったと思う。

本を中心に妹とままごとまがいの生活をしているうち、薫風の候も過ぎ、水無月も明ける頃になると、俄然忙しくなった。炭鉱の不況がそれまでに輪をかけて激しくなり、離職者が続出したからである。父のいた炭鉱も雇用促進団が介入され、父は横浜の職場を紹介された。ところが「年も年だし今の地は離れたくない」と言い出した。「残ったって働き口は無いんだよ」と諭されても、ここを離れるのは嫌だの一点張りであった。それを私と妹が説得に説得を重ね、無理やり横浜へ引きずり出したのである。私も大変だったが妹も大変だったと思う。勿論大塚にはそれとなく面倒かけた筈である。何れにしろ母と姉と一番下の妹を連れて出てきた。住宅は東横線元住吉で木月に決まった。

そんな経緯があったうえ、更に事件が重なった。私が住んでいた下宿の二階の一間を借りていた男性が、事もあろうに夜、妹の部屋に忍び込んだのである。びっくりした妹はすぐ突き放し、戸を開け、大声でさけんだらしい。異変に気付き松村さんが駆けつけてくれたとの事であった。こう言うのは当時電話局は夜間も故障受付をしていたので、機械課も保守のため月二回乃至三回程度で割り振られ、二人の宿直者がいなければならないことになっていた。ちょうどその事件のあった日が私の宿直当番だったので、下宿には居なかったのであった。私が宿明けで帰ってみると、妹が部屋でしょんぼり俯いている。事情を聴く間もなく、叔母がすぐ駆け付け「博ちゃん昨日の夜大変だったのよ」と性急に話し出した。話し終わると「どうしたらいいんだろうねぇ」とぼそっと続けて言いながら、溜息をついた。「松村さんも凄く恐縮して謝っているんだけど、どうしたものかねぇ。親父さんも横浜へ出てきたことだし、この際だから親父さんの所へでも帰ってもらおうか」。私は妹との小さいけれどほんのりした毎日がこれで終わりになるのかと思うと、ちょっぴり寂しくもあり、そんな状態に落とし込んだ男性に対して憤りを覚えた。しかしこんな事になってしまってはどうしようもあるまい。叔母の申し出に逆らうわけにはいかない。そういうわけで妹は父の所へ帰ってしまった。今思い返してみると、狭い部屋で何をすることもなしに、座布団に座ってお茶を飲んだり、トランジスターラジオで歌を聞いたり、話もしないで互いに本を読んでいた日がノスタルジックに蘇ってくる。とりとめのない日々ではあったが、少しの過ごした時間ではあったが、私の浮かれ過ぎていた時間をやんわりと元に戻す効果は絶大であったと確信している。

私は気を取り直して、また自慢に満ちた『ざぎん』の生活に戻った。「全ては一過性の事でしかないんだ。人生なんてそれとなく、ゆっくりゆっくり何にも変わらずにいくだけなんだ。それが嫌なら跳ねっ返りゃいいんだよ。跳ねっ返る事が出来ないのならそのまま静かにしていりゃいいんだ。不条理なんていう言葉は頭に浮かべちゃ駄目だ。だってそうだろう、頭に浮かべるのは勝手だが、ちっとも世の中は不条理じゃないんだから。そういう事さ、糞ったれめ!」

秋が近づくと、私にも事件が起きた。世間では電話中し込みの積滞量が膨大になり、それに対応するためにどんどん電話局が建っていった時代であった。東上線ときわ台駅からバスで30分もかかる志村にも新局舎が建てられていた。埼玉県にそれ程近くはないのだが、イメージ的にはほとんど埼玉県で、東上線は当時私鉄の中でも最もガラの悪い路線で、大塚から有楽町へ通っていた私には考えもつかない場所であった。そんな私にコンドルにも似たド鴉が舞い降りたのである。経緯はこうである。「どんどん電話局が建っていることは御存じの事と思うが、遠いが板橋区の方にも志村局が出来ているらしい。我が東銀局にも一人割り充てが来ているということなんだが、勿論希望者はいないと思う。しかし一人出さなければならない。問題はそこだ、どうしてもという事なので、近い人に行ってもらおうと思っている。自分でも心苦しいが、これもやむを得ない」。課長の言い方は苦渋に満ちている感じだったが、顔はのっぺりとしていて、むしろ薄笑いさえ感じ取れた。近い人と言えば大塚に住んでいる私と、西武池袋線の椎名町に住んでいる一年先輩の人と、もう一人近くに住んでいるという人に決まった。3人とも2～3年に満たない職員で、結局は何処へ転勤しても大きな問題は無かろうという事だった。「やっぱり俺の思っていた通りなんだ。下の者がひっ被りゃそれに越したことは無い。万事めでたし、めでたし」。当然3人とも異議を言ったのだが、通用する筈もなかった。そうなると一番下は私である。私が行くこととなった。有頂天から奈落の底である。『ざぎん』からバスもほとんど通らない干からびた田舎町である。「馬鹿野郎！　やけくそになるのも仕方あるまい。俺の一生なんてこんなもんさ。ちゃんちゃら可笑しくてやってらんねえよ！」。私は堪えられそうにない苦い癇癪玉を、力いっぱい噛んで胃袋に押し込んだ。ただそれだけだった。どうってことはありゃしない。勿論何の不満もあるわけなんかあるものか。悔し涙顔で空を精一杯仰ぐだけだった。それしかあるまい。ただ淡々と行くだけだ。人生なんてそんなものさ。糞ったれめ！　馬鹿野郎！

志村電話局はまだ開通していないので、そこの要員として慣れるために、前室勤務として行くことになった。「大塚から池袋に出て、西口で東上線に乗りときわ台駅で降りる。簡単なことだ、寝ぼけ眼でも行ける。ときわ台で降りたらバスに乗りゃ良いのさ。単純で簡単なものさ。しっかり歩けりゃ少しの頭のボサボサくらいは何でもありゃしない。気は楽さ」

始めの頃は池袋で電車に乗ると、唖然とさせられた。あまり品が良いとは言えないおじさんがゲートルを巻いて地下足袋を履き、首からは手ぬぐいをぶら下げ、鶴嘴を持って乗り込んでくるのである。こんな情景は炭鉱町でもそんなに見られるものではない。懐かしいというよりも恐怖を感じた。私はたじろぎながらも薄笑いさえ浮かべていた。「田舎っぺのド外れ電車め、朝からこんな恰好で乗ってきやがって、恥というものが無いのか、馬鹿野郎。こんなのでは俺の前途は真っ暗だ」。何にも面白くない、全てが面白くない。しかしただそれだけのことでしかない。私はときわ台駅でなかなか来ないバスを待って、志村局へ通うことになった。バスはガラガラで、乗っている人はサラリーマンとは思えない得体のしれない人で、バスの本数が少ないためか少しずつ詰まってくる感じがした。「そんな事は関係ない。俺は本当に面白くない。如何すれば良いんだ。あの『ざぎん』の生活はなんだったのだ。俺はいやしくも『ざぎん』男だぞ。ふざけんじゃねえ、こんな臭え所なんか俺に合うわけがねえじゃねえか、馬鹿野郎」。私は考える事さえ出来ないでいた。凄いスピードで考えが荒れていった。

仕事そのものは今までと同じ機械課勤務で変わらなかったので、心配は無かった。局舎は東銀座局に比べて小ささが目立ち、見栄えがしなく、いかにも田舎っぽく垢ぬけていない感じだった。「ここがこれからの俺の職場か」大きな溜息を洩らすほか出来なかった。「俺の下らない人生にぴったりじゃないか、糞ったれめ！」

4

初めての局舎なので少し早く行き受付で聞いた。受付で聞くともっと前に赴任の命を受けた人が何人も居るらしく、仮の休憩室に行くと中年の人が座っていた。互いに名前を言って挨拶をしてから、相手の人が言った。「どちらの局から来たんですか」「東銀座局です」「それは御苦労さまです、こんな田舎なのでびっくりしたでしょう」「とんでもないです、新局に来られたので嬉しいですよ」。こんな心にもない挨拶なんか、何の意味もありゃしない。そのうち少しずつ集まって来て、入ってきた人は朝の挨拶を済ますと、ソファーに座ってぎこちなく話をしていた。少しして課長となる人が来て挨拶を済ますと、おもむろに続けた。「今日は、富澤君が当電話局に来ることになりまして見えられています。これから皆さんと一緒に当電話局を盛り上げていこうと期待されて来られたわけですが、皆さんも仲良くやっていけるようよろしくお願いします。尚、当電話局に配属される人はこれで終わりだと思いますので、その点でもよろしくお願いします」

私はそれとなく周りを見回すと、自分と同年輩と思われる若者が四、五人見受けられた。やっぱりこういう場所だったので、若い人が多いと感じた。後で知ったのだが同年に局に入ったのが、柳瀬君、泉君、寺沢君、1年後輩だったのが森君だった。小沢君もいた。柳瀬君は滝野川にある蕎麦屋の息子だったと記憶している。泉君は板橋の何処だか忘れたが、後に志村局が開局になって局員として一緒になった時、一回赤羽線に乗って遊びに行った事があって、その時「倍賞千恵子の家が近くにあるんだよ」と言った記憶がまだ頭の中に残っている。私の記憶違いで無ければいいのだが。

始めのうちはぎこちなかったが、すぐに慣れて気安く話し合うようになった。それにも増して打ち融け合うようになったのは、周囲には何にも無いので、する事と言えば「飲む」事しかない点だった。課長になるべき人以下、先輩たちは「飲む」事にかけては凄まじいものがあった。更にはどの電話局でも不思議なもので、すぐ近くに必ず酒屋があった。志村局は田舎も田舎、ド田舎である。それなのに局舎の脇の職員が出入りする、また線路の車が出入りする少し広い場所が確保されていたのだが、その隣が酒屋なのである。これほど「飲む」にうってつけの場所はありゃしないではないか。男仕事が終わったらこれしかない。「飲む」だけだ。仕事がそろそろ終わる4時頃になると、先輩が回ってくるのである。「どうだい、今日一杯やるから200円徴収」。勿論割り勘である。有無は無い。飲めない人も気を遣って断れない。ちょうど頃あいを見て焼き鳥の屋台が、酒屋の少し離れたところに出て来る。未だ開局していないのに情報は早い。若い者が、私達なのだが酒屋で酒、ビール、安い缶詰、まるはのソーセージ、柿の種、サラミ、裂き烏賊などを買い、ついでに焼き鳥を買ってくるのである。仕事が終わると仮休憩室で、すぐ貧弱なドンチャン騒ぎである。未だ開局していないので大きな声は出せないが、それほど忙しい仕事でもないのに喉の渇きを覚え、潤しながらつまみをつまむのである。時には小さな流行りもしない中華店から焼きそば、野菜炒め、餃子等を取って、ささやかな贅沢を味わった。バスの最終時間に間に合うようにお開きになるのだが、時によってはタクシーでときわ台駅へ出たりした。池袋に行った事もあったと思うが、未だそのころは池袋に対する恐怖のイメージが強かったので、先輩の同行が無ければ行かなかったと思う。今思うと池袋駅は可笑しな処で、東口に西武デパートがあり、西口に東武デパートがあるのだ。西武、東武の電車もそうだ。何れにしろ飲む毎日が続いた。下らないけど楽しい生活に浸かってしまった私は、それまで少しずつ積み重ねてきた思考も、高かろうはずだった理念も、遥か遠くへいってしまっていた。悲しいかなアルコールの魅力に落ちそうになった。こんな素晴らしいものがあるのだからどうしようもあるまい。人生は楽しく明るくこうでなけりゃいけないんじゃないのか。

残念ながら私の望むところは、またも怪しい手探り状態でしか分からないところとなる。次から次へと魅力に満ちたものが変わって現れる。アルコールに関していえば、父が炭鉱夫だったのでしょっちゅう飲んでいたことは、いつも見ていた。だから私にとっては日中に酒を飲むことなどは気にならない感覚であった。一番方だと早朝に出て行くが、午後3時頃には帰って来る。共同風呂に行く前にコップに一杯ひっかけるのである。「こんな仕事は飲んでいなきゃやってらんねえよ」が口癖だった。父は炭鉱に勤める前は東京へ出てパン屋へ見習いに行っていたという事は聞いていた。時々こぼしていた愚痴によるとその前は中等学校へ行きたかったらしい。しかし、祖父は当時体も弱く、確かに私が生まれる前に亡くなっていたのだが、産婆をやって生計を立てていた祖母に頼りきりだったらしい。その為自分を犠牲にし、弟を中等学校へ通わすため炭鉱へ入ったということである。そんな事を考えると、すでにそうなりつつあった私とは、同じ「飲兵衛」でも随分次元が違う辿り方だと恥じ入る。今自分もその入り口に入れられようと傾き加減なのだが、自分にそんな権利があるのだろうか。父母に誓った約束は何処へ飛んでいってしまったんだろう。これからの自分はどうなっていくのだ。東銀座局時代の憧れの歓楽に埋没して溺れそうになった自分、今の底辺の歓楽に埋没しそうな自分。以前にも「自分の性格を変えなくちゃいけねえ、信念とそれを支える思考はしっかり持って、ぶれないようにしなくちゃ」と思って、それとなく注意深くしていたと思っていたのだけど、そんな事はどこ吹く風だった。「これは俺の病気だ。突き詰めた思考、崇高な理念、やり遂げようとする気力、それを支える勤勉実直な心持ち、これらは絵に描いた餅だ。典型的な画餅だ、腹に据えかねるほど持って行き場所の無い、下らない愚物だ」私は自分の人生を、今まではより積み重ねて考えなくなっていた。これではいけないと分かっているのだが、どうしようもなかった。思考に反して状況が大きな波となって、覆いかぶさってくるのである。自分としてはお手上げだ。

『どんな逆境にあっても希望を失ってはならない。いったん希望を失えば、何ものをもってしてもそれに代えることはできない。しかも、希望を捨てた人間は人間性まで堕落してしまう』

（『自助論』）

私はもうふらふらであった。自分の意思で抜け出すことは出来そうにない。どうすればいいのだろう、今まで通り流れに乗っかっていけばいいのか。いくら考えたってそうするしかないのなら、そうするしかないだろう。ぎゃあぎゃあ喚いたってしようが無い。サミュエル・スマイルズの言っていることは十分過ぎるほど分かっている。私も出来ることならそうしたい。のたうち廻ってもそうしたい。しかし今の自分には出来そうにない。結局このまま流れに乗って流されていき、どこかで根性を入れ替え、サミュエル・スマイルズに縋るしか方法はあるまい。私は楽しいけれど鬱屈した人生を送っていた。「これが俺の実態だ。これで行くしかあるまい。何にもない。これっきゃないんだ。俺にはこれっきゃないんだから」

しかし悪いことばかりでもなかった。三冬が静かに忍び寄ると志村局の開局であった。もしかしたらこんな大事なことなのに、自分は思い違いしていたかもしれない。というのは、次の淀橋電話局も11月中での開局であったからである。多分どちらも年内に開局して、健やかな気持ちで新年を迎えたい気持ちがあったのだろう。

開局のセレモニーは深夜零時に始まる。各課の人がそれぞれの部署で待機する手はずを整える。今考えると新局として開局するのだが、小さな小さな田舎局の事であるので、他の局が開局するのに対してスケールが小さい。形変（形式変更）等が絡むとアレスターでの抜き差しが必要になるので事は大きくなるし、注意深く作業しないと事故につながってしまう。しかし志村局は新局だし、前にも言った通りスケールも小さい。私の記憶では局番は二つしかなかったはずである。〃960〃と〃966〃である。当日の作業をつたない記憶で追ってみると試験課の人は試験室にいて試験台に座り、客の申告に備える。またＡＲＲ（アレスター）の切断片抜きと、その際にＨ・Ｃ（ヒートコイル）が外れたり、ＭＤＦで不慮の事があった場合のために二、三人の要員が必要である。

機械課の人は機械室に詰めて機械の運行・輻輳を注視する。同時に機械が新しいので円滑に作動するかどうかをテストするスタンバイ状態に持っていく。勿論、他局との接続・出合の確認は取る。これは局間ケーブルのある局と、その局を通して直に出入トランクを持っている局に限る。志村局は小さい局なので直出入トランクを持っている局は少ない。他に管内の各電話局からは自動応答へかけてもらい、確認を取る。

電力課の人は地下1階に潜り電力の負荷を監視する。

運用課の人は試験室と機械室に分かれ、トラフィックの記録を取りながら監視する。

営業課の人は出ていなかったと思う。

庶務課の人は大広間に作業を終わった後、仮眠を取るための布団、毛布、枕等を綺麗に並べる。と同時に各課の休憩室にアルコール、つまみなどを用意する気配りが必要であった。

仮眠の後起きると食堂に簡単な朝食が用意されているというあんばいである。これではセレモニーというよりも態の良いお遊び騒ぎである。でも考えてみればセレモニーなんていうのはこんなものでしかないのではなかろうか。

午前零時になる少し前、各課の人が試験室に集まる。試験台とアレスターの間に雑然と並び、豊島地区管理部のお偉方の前で秒読みが始まる。零時になり新局長の操作でベルが鳴り出すと、所定の場所に局員は一斉に散らばる。それから担当課員は決められた作業をし、事故がなければ1時間内には終わる。これは前にも言った通り新局として開局になるからであって、切り替えが必要な交換機形式変更になると何倍もの稼働が必要となり、注意も必要となる。混線、断線の障害が伴うからである。地下ケーブルで繋がっている対局間の通話がスムーズにいくかを、対局間で出合して通話に異常ないかを確認する。勿論接続も確認する意味で自動応答に接続をかけてもらう。相手の局は宿直者が対応する事になっていた。大きな局は局間ケーブルが多方に張り巡らされているので、それだけ出合、接続が多くなるのである。志村局はド田舎局で小局なので局間ケーブルは少ないし、事故申告などありはしない。後はそれとなく監視状態を続けながら、それぞれ課の休憩室へもどって、少ないアルコールと寂しいつまみで、ささやかなドンチャン騒ぎである。多分機械課では今晩は互いに眠い目をこすりながら、正規のドンチャン騒ぎをするんだろう。

人生楽しいのか、空しいのかは私の判断するところのものではない程に遠く霞んでしまった。ここまで来てしまったら腹をくくるしかあるまい。「俺の人生はもう終わった。何も考えず流れに乗っかって、流されていくだけだ。悔やんだってどうしようもあるまい、サミュエル・スマイルズの言っている勤勉で注意深い日常を、ああだこうだと言い訳ばっかりして、気のむくままに過ごしてきたのだから。誰を恨むこともない、恨むのなら自分のふがいなさを恨め！」

志村局が開局してから、若い者同士がさらに胸襟を開き出した。冬も本格的に押し寄せてきたので、スケートをやりに池袋へ出てスケートリンクに集まった。誰が言ったのかは記憶にないが、もしかしたら泉君かも知れない。私はスケートはしたことがないので、周りの手すりにつかまり転ばないように歩くだけだったが、慣れてくると手を離して少しは滑れるようになった。スケート靴は先輩の小島さんがホッケー用の靴を持っていて、もう使わないからあげるよと言ってくれた。スケートは初めてやった割には面白い遊びだと思った。そのうち誰からともなく、夜行日帰りで軽井沢へ行こうということになった。「やはり若いうちは見知らぬ所へ行って、思いっきり遊ばなけりゃ」。夜6時頃池袋のバス発車の所に集まり、ウイスキーを買いつまみを買う。誰も飯の事など思いつかない。いつもやっている騒ぎよりは静かだが、間違いなく誰もが紙コップを持っている。騒ぐことはできないし大きな声も駄目である。ビールと言った人もいたが、ビールを飲むと小便が近くなるぞとたしなめられ、1本だけと妥協した者もいた。勿論飲み代つまみ代は割り勘である。多く飲んだものの勝ちである。この後この原理を知らない者は損をするという事になる。人生というものはこんなとこだろう。

朝暗いうちに着いて、スケートリンク上で滑ろうとしたが結構寒さが強い。照明灯は点いているので滑れないことはないけれど、寒さのためか誰も出てこない。私達のグループは根性でリンクに立った。というよりも田舎丸出しの滑らなきゃ損といった、さもしい根性だったのであろう。後で思うと貪欲さに赤面さえ感じる。リンクに上がると森君が言った、「これは油氷だから滑り易いよ」私は分からないけれど油氷と言うんだから、テカテカして滑らかなんだろうと思った。滑っているうち、他の人も少しずつ出てきた。吐く息は白いがマフラーに絡んで、若者の躍動感が感じられる。今までにない感動であった。

昼近くになったので、昼食を取ろうという事になって売店へ駆け込んだ。カレーを食べようと値段を見ると吃驚した。普段行く店の倍以上もするのである。更には我々がその店で食う量よりも少ない。表示されているサンプルはどっかの国の落とし物ではないのか。冗談ではない、こんなもの食えるか、ブツブツ不満の声が出た。他のメニューを見ても同様であった。結局パンで済ます。「何か買ってくればよかったなあ」誰からともなく言いだした。諦めと後悔の念が冷気に乗っかってきて、笑顔をとばしていく。「しょうがないから滑りに行こう、どうせ帰りのバスに乗りゃウイスキーがあるよ」泉君が吐き捨てるように言った。皆もそれに同調した。私は帰るまでに、転びながらも少し滑れるまでになっていた。森君などはすうっと滑って来てエッジを揃え、横に少し倒してガキッと止まるストップの練習をしていた。私は唇が荒れてカサカサになってしまって、それとなく擦ったり軽くつまんだりしながら、何でも無いような格好をしていた。当然行く前は女の子をひっかけようか、どうしたらひっかけられるんだろう等と甘い相談もしていたのだが、そんなチャンスは欠けらもなかった。要するに言い寄る勇気がなかったのである。皆そうなんだから誰を恨むこともあるまい。私達には人生これからだ、まだ走ったばかりではないか。

暮れも半ばあたりまで来ると忘年会の時期になる。私にも東銀座電話局から声がかかった。多分東銀局に近い箱崎寮か箱崎会館だったと記憶しているが、行くと懐かしそうに声をかけてくれた。しかし私には何となく白々しく感じられ、『ざぎん』から都落ちした挫折感に思いっきり苛まれた。「やはり人間は居るべきところに居なくちゃ駄目なんだ。俺はそうしたところから都落ちしたんだ」。挨拶は返してみたものの上の空だった。それとなく酒を酌み交わしながら、時間が過ぎるのを待ち望んでいる状態になっていった。やがて散会の時間が近くなるとやおら幹事が立ちあがって皆を静かにさせ、「送別会を兼ねての忘年会となりましたが、ここに送別の思いを込めて富澤君に贈り物を差し上げたいと思います。喜んでくれればありがたいです」やや大きめのものを差し出した。「電気炬燵です」幹事が一段と大きな声でいった。下宿に帰って開けてみると小さかったが脚の外れる組み立て式の電気炬燵だった。これで少しは暖がとれるだろうと嬉しく思った。それくらいしか思い出には残らなかった。

志村局の忘年会は湯西川だったと思う。貸切バス旅行で、開局前に業者の簡単な作業を機課全員で手伝った見返りとしてお礼を頂き、それを忘年会費にあてたので、結構ゴージャスな旅行となった。近くにあった五十里湖にも行きダムも見た。写真を見るとこれこそドンチャン騒ぎであった。

明けて1月再度軽井沢にスケートに行ったが、それほどの思い出は無い。寧ろ水上保養所〝紫明荘〟の方へ旅行した写真が残っているくらいである。私自身の事を言えば、飲んだくれて今まで少しずつ積み重ねてきたと思っていた思考、理念はことごとく埋もれてしまった。もう這い上がってきてもサミュエル・スマイルズには会えないだろう。その日その日の暮らしに何の不満さえなくなっていた。こんな単調な毎日で昭和38年が過ぎていった。

確かに私は快楽にのめり込んでいた。自分の思考、理念が吹き飛ばされてあとかたもなく消し去った感じで、虚ろな状態でボケっと過ごしていた。

『遊んでばかりいてちっとも学ばなければ、人間はますますダメになる。快楽にひたり切ることほど若者に有害なものはない。若者らしいすぐれた資質は損なわれ、ふつうの楽しみが味気なく感じられ、高い精神的な楽しみを追求する気持ちが失われる』

(『自助論』)

更にこの件に関してはスマイルズは同書の中でフランス革命を指導した政治家ミラボーの言を出している。

『若いころの放蕩生活が、その後の生涯からかけがえのないものを奪ってしまった。私の生命力の大部分は、青春期に浪費されたのだ』

昭和39年になると俄然公私に変化が起きる。まずこのままの生活で良いのか落ち込んでいた私は、何とかしなければといろいろ模索した。そして一人で旅に出かけてはどうかと思い立った。今まで行ったことがないので何処が良いかとあれこれ考えたが、九州一周が良いだろうと思った。電電公社だったので保養所は全国いたるところにある。宿も決めずにぶっつけ本番であった。金銭的問題もあるので九州一周の周遊券で回る事にして、必要な場所では別に支払って私鉄、遊覧船、バス等を利用することにした。期間は昭和39年4月11日(土)〜19日(日)となった。周る場所は阿蘇—宮崎—桜島—鹿児島—雲仙—長崎という順番だった。これもそこを周りたいというわけではなく、単なるその時の思いによるものだった。当然日数もそれに伴うものとなっていたので、というのは宮崎会館で藤枝電話局の女性二人旅の人（高山朋子さん、小柳尚美さん）と会ったので、自分は宮崎会館で二泊してしまった。九州は写真等で知る事はあったが初めてだし、一人旅だったので心配でもあった。夜行寝台に乗り翌日の朝、阿蘇に着いた。電電保養所の本は持って行ったので、朝電車を降りた早々に「内牧駅」だったと記憶しているが、そこから「大観荘」へ連絡し予約を入れた。電話の向こうの人が「今日ですか」と返す。「無理ですか」と突っ込むと、「いや、空いてますのでどうぞいらしてください」と言う返事だった。私は初めての予約申し込みだったので、安心して寧ろ気落ちするくらいだった。「さあて、これでひと安心だ。阿蘇の観光バスでも探そう」と駅前にある観光案内所へ入った。観光会社は忘れてしまったが、記念写真を見ると看板に大阿蘇観光記念そして下に九州観光写真株式会社とあるので、それに類した会社であろう。思っていたよりも新婚カップルが多くて、一人旅が恥ずかしいくらいであった。アルバムに貼ってある写真の下にはその時の私の感想として次のように書き添えてある。〝阿蘇のスケールの大きさは桁外れである。外輪山が遠く崖壁のように並んでそびえており、ここを訪れた人で驚きに茫然と我を忘れない人はいないであろう〟。後方には中岳が見えており、皆かしこまって写っている。自分としては初めての大きな旅行だったので強烈な印象を受けたのであろう。この後やはり周遊券を使って北海道、四国、東北等を周る事になるのだが、北海道の層雲峡、風がうなり声をあげていた襟裳岬、四国の紅葉に驚嘆した面河渓、東北の恐山等々走り去った思い出が少しずつ蘇ってくるのだが、最初の旅行という事で、阿蘇は強烈な印象を受けた。

九州の旅は私にいろんな素晴らしい所の印象を与えてくれた。そんなわけで3カ月も経たないうちに北海道一周の旅に出た。勿論周遊券を利用した。期間は昭和39年7月13日㈪～23日㈭。青函連絡船で北海道に着いてから大沼―函館―洞爺―札幌―層雲峡―旭川―美幌峠―弟子屈―阿寒―帯広―襟裳岬―帯広―支笏―登別―稚内―札幌だった。連なった記憶はないがアルバムを見て書いている。印象に残っているのは大沼国定公園の美しかった事、アルバムには次のような走り書きが見える。〝渡島半島の南東部にそびえる駒ヶ岳の南麓にあり、北海道屈指の景勝地であるが噂にたがわず素晴らしい所である〟

襟裳岬の風の凄かった事も印象的であった。アルバムの走り書きには、〝襟裳岬は風が強い。あたかも北海道最南端の威風を誇るかのごとく〟。更に短歌が付けられている。

崖壁を　北に見上げつ　蜻蛉と　南の荒波　砕けよとばかり

泣きぬれし　吾れが瞳を　黒髪に　埋めし君と　襟裳岬見ゆ

登別の異様な臭気と変色された岩石も印象が強かった。アルバムの走り書きにはこう書いてある。〝温泉地獄、私はここで大地の原始をのぞいた。それはあまりにも荒々しい。悪魔のように恐ろしい奈落の底の真相〟

最果ての都稚内の印象も残っている。稚内公園には最果ての地にふさわしく、像がたくさん建立されている。「天を仰ぐ聖女の像は何を象徴しているのだろうか」とか「果敢な樺太犬の像」とか「電話交換嬢の碑」等がアルバムに見える。稚内に着いたのは朝早くだった。野寒布岬で昆布を浜で乾かす作業をしているお爺さんがいて、〝これらの人々の恐ろしさは寒さよりも貧困であろう〟とアルバムには書いてある。そもそも何故こんな早くに稚内に居たのかと言うと、札幌で保養所がとれなかったので列車に乗って一夜を過ごそうと、予定にはない稚内まで来てしまったのである。しかしこれも結果的にはいい思い出となっていた。

北海道一周の旅行から帰って来てから、考えも変わってきた。このまま志村局に居るよりも、もっと大きな電話局に移ろうと思った。アンテナを張り巡らせていると39年11月に淀橋電話局が開局するとのことだった。早速転勤を申し出た。中継方式図を見ると新宿局、四谷局、池袋局、思い違いでなければ霞が関局等大局がずらりと並んで、局間ケーブルが引かれていた。これは久し振りに気持ちを高めさせてくれる意欲を持たせた。「そうか、俺は今まで安易な気持ちで毎日を過ごしてきたが、こんなことはもうお終いだ。飲兵衛ともお別れだ。忘れてしまっていたが、また少しだけれど思考的な生活をしようではないか。俺にはそれが一番ふさわしい」私はしみじみとそんな思いに至った。しかし忘れかけてしまっていたサミュエル・スマイルズとはもう会えないんじゃないだろうか。寂しい感じがするが、これだって自分のチャランポランな性格のためではないか。スマイルズに会うためには、自分に希望を持たなくちゃならないのではないのか。

『どんな逆境にあっても希望を失ってはならない。いったん希望を失えば、何ものをもってしてもそれに代えることはできない。しかも、希望を捨てた人間は人間性まで堕落してしまう』

サミュエル・スマイルズの放った言葉が頭にビンビンと響いてくる。「俺ももう一度自分の人生設計を立て直さなくちゃ」。こういう考えに至ったのも、九州一周、北海道一周の旅行を、一人で思いたち勝手気儘に行ったからに違いなかった。やはり一人で旅したことは良かったのだろう。

5

少しして淀橋電話局前室の勤務となった。京王線初台駅のすぐ近くで、甲州街道を跨いで新宿方面へ200メートルと戻らない場所だった。職種は同じ機械職だったので、その点心配はなかった。志村局の時と同じで、始めの頃はぎこちない気持ちでの作業であったが、そのうち少しずつ打ち融け合う状態になり、開局する頃には冗談も言うようになった。人間仲間うちになれば気心も知れ、結構楽しいものである。志村局だった時のように、仕事を終わってから局で飲んで帰る事も無くなっていたが、しかし新宿には限りなく近い。局で飲まないかわりに『じゅく』へ繰り出すことが多くなった。数人で行けば歌舞伎町もそれほど怖い場所ではない。歌舞伎町のネオンで飾られた入り口を潜ってすぐ左の路地を入ると、『秋田』のでっかい赤ちょうちんが目立つ。そこのしょっつる鍋が抜群なのである。酒は多分「太平山」だったと記憶しているが、4斗樽から抜き出し2合徳利に入れて出してくれるのである。はたはたと汁をいれる器は大きなホタテ貝で、小さな七輪の上に乗っけて葱、春菊、しいたけ、豆腐を入れて煮るのである。私にとってしょっつる鍋は、それまで食べた鍋の中でも一番においしい鍋となった。また矢張り歌舞伎町の中にある『エアーライン』へ行って少しばかりゴージャスな気分になったこともあった。ここは酒ではなくウイスキー、ブランデーである。勿論ビールもあった。中は広くて明るく、若者でむせかえる状態だった。それでも大きな声を出す人もなく、皆それなりに楽しんでいた。フランス、イギリス、アメリカ、ドイツ、などのコーナーがあり、私達はほとんどフランスだった。結構飲みに行ったので顔なじみとなり、中の女の人がボトルキープしてくれて、私にキーを渡してくれたことがあった。多分サントリー・リザーブだったと思う。そんな思いもほろ苦い記憶として残っている。綺麗な洗練された若い人だった。私には高嶺の花のようで、「有難う」と言うのが精一杯だった。こんな時は私の得意な思考のどう巡りが顔を出す。『源氏物語』が書かれた平安朝を思って詠んでみる。

夢に見し　五節の舞姫　何処にぞ

作業も順調に進み、昭和39年11月開局の運びとなった。これで私は4年間で三つの電話局を歩いたことになる。人間関係を知るうえでは貴重な経験をしたものだと言う人もいたが、私には何を馬鹿なことを言っているんだくらいにしか思えなかった。前は『ざざん』だったが今度は『じゅく』勤めである。「俺はついているんだろうか、それとも大きな歓楽街で意気揚々と生活をしていこうとしている自分を、思いもしないバカでかい波頭が蔽いかぶさって有耶無耶にしてしまうのか」。自分としてはどっちでもよかった。「遊ぶのは良いがこれからは筋の通った信念を持っていこう。浮かれるのは良い、だけど浮かれっぱなしにはなるまい。俺は就職を決めた時、太い筋を一本差しこんで信念を持って生きていこうと決めた記憶がある。ここで信念に基づいた生活をしなければサミュエル・スマイルズに会わせる顔も出来やしないし、『どうして君はそうなんだ』と失意に嘆かれてしまうに違いない。ここまできたらやるっきゃないだろう。仕事もそれなりに、遊びもそれなりに、しかし少しずつでも良いから思考的な積み重ねはしていかなければならない。それが俺の思っている理念に近付く道なのだから」

私は淀橋電話局へ転勤になる少し前、大塚から東横線の新丸子へ住居をかえていた。これは家族が炭鉱町から元住吉へ出てきていた為で、少しでも家族の近くに住んでみようかなといった思いからであった。多摩川をはさんで東京側の多摩川園前と川向こうの新丸子とは家賃が違ったので、少しでも安い場所と思い引っ越す前から川向こうに決めていた。大塚時代は３畳間だったが、今度は４・５畳で随分広く感じたものだった。そこから通って淀橋電話局の開局を迎えたのである。新丸子から東横線で渋谷に出、渋谷から山手線で新宿へ行き、京王線に乗り換えて初台というルートだった。

少しして場所があるからとパイオニアのステレオを買った。スピーカーがセパレーツの当時人気があったものだった。スピーカーにはコードがついていて伸びるようになっており、壁に掛けられる優れものだった。これとてすぐに購入が浮かんだのではなく、周りの同僚がオーディオにうるさくて、結局自分も仲間に入ってしまったという感じであった。勿論月賦である。最初はＦＭ東海等を聞いていたのだが、ふと『褐色のブルース』の事を思い出した。ジャズを聴くにはどうすればいいんだろう、考えた末コマーシャルで『スイングジャーナル』誌を知った。油井正一や岩浪洋三などが執筆していたと記憶している。その中に「今月の推薦盤」というコーナーがあっていろいろなレコードを紹介してくれる欄があった。「モダン・ジャズを見つけたぞ。これで俺も少しは芸術的な人生を送れるかもしれない」。しかしFM東海等を聞いているうちに、結構ジャズには馴染んでいたらしい。

例えば1956年ホレス・シルヴァーと組んでいたグループが分裂、アート・ブレイキーはアート・ブレイキー&ザ・ジャズ・メッセンジャーズ（JM）を立ち上げる。アート・ブレイキーはボビー・ティモンズ、ベニー・ゴルソン等が1958年に加入、リー・モーガン、『モーニン』『ワークソング』『ブルース・マーチ』『危険な関係のブルース』がしょっちゅう流れていた。ソニー・クラークの『クール・ストラッティン』、モダン・ジャズ・カルテット（MJQ）の『朝日のようにさわやかに』も放送されていた。

年末に近かったので『スイングジャーナル』増刊号が出て、特集として〝モダン・ジャズ〟に貢献した人のベストテンを選出する座談会が掲載されていた。その時になると私も少しは〝ダンモ〟の事を知っていたので、興味深く読んでいった。後年、ジャズをやり始めたと言っていた演奏家の卵の人に全部あげてしまったので今はその本も、たくさんあった『スイングジャーナル』誌も手元にはないので、はっきりした事は言えないのだけれど、うっすらとした記憶は残っているので面白かった分再現してみたい。誰が言ったのか、誰が反対意見を言ったのかはまったく記憶にとどめない。ただどういうミュージシャンが挙がったかどうかだけである。

その時の記事を追憶してみると、まず出席者全員挙げたのが、チャーリー・パーカー（as）、ディジー・ガレスピー（tp）、マイルス・デイヴィス（tp）、ソニー・ロリンズ（ts）、ジョン・コルトレーン（ts）、バド・パウエル（p）、マックス・ローチ（ds）、ギル・エヴァンス（arr）、の８人だったと記憶の隅の方に残っている。それから各自意見を出し合い、スタン・ゲッツ（ts）、チャールズ・ミンガス（b）が入ったと記憶している。しかしセロニアス・モンク（p）が入っていないのは解せない。だが私にはセロニアス・モンクの記憶は全くないのである。多分選出されていたのだろう。そして番外という事で10人から12人に枠を広げなければおさまらないだろうと話し合った事は記憶に残っている。ビル・エヴァンス（P）、もう一人はチャーリー・クリスチャン（g）と記憶している。オーネット・コールマン、セシル・テイラー、ドン・チェリーはアヴァンギャルドのジャンルのグループという事で話題には上ったが、対象外扱いであったと思う。こんな思い出は懐かしすぎる。私は資料をなくしてしまったイライラ感はあるけれども、ゆったりした満足感に浸りながら思い出している。

淀橋電話局時代にはもう一つ印象に残った事があった。昭和39年は東京オリンピックがあった年で、甲州街道をアベベが走り過ぎていった事である。甲州街道は電話局沿いの道路だったので、私達も外に出て見に行ってもよかったのだが、街道沿いの狭い道路は見物客でいっぱいだった。そこで私達は5階の食堂に集まり高みの見物と決め込んだ。もしかしたら営業課の人たちは見に外へ出て行ったかもしれない。いずれにしろアベベ万歳だった。

明けて40年になるとすぐに志村局の連中と軽井沢へ行った。このときは十条製紙の女性達と写真に写っているので、楽しかったに違いない。夏、伊豆今井浜へ志村局のメンバーとテントを持ってキャンプに行った。多分2泊3日くらいだったと思う。今度は4人の女性グループと友達になり一緒に写真を撮ったり、話しあったりした。楽しいことではあったけど、私の積み重ねようと思っていた思考は、性懲りもなくどこかへ忘れ去られてしまっていた。「一体、俺は少しでも学んで思考を積み重ねることが出来なくなってしまったのだろうか。高かったはずの理念は何処へいっちまったんだろう。冬はスケート、夏は海辺でキャンプ、それでない日は〝ダンモ〟、全て遊び呆けてるじゃないか。このままではやり切れない。ここは一念発起して小説でも書いてみるか」。出来もしないくせに意地を張ってみせる。それでも仕事と遊びの合間に、すこしずつ俳句、短歌、詩などを書き出した。

40年には旅行にも一つの大きな変化が出来た。沖縄へ行ったことである。当時はまだ日本に返還はされず、観光ビザを貰いに行ったものである。さすがに一人で行く勇気はなかったので、高橋宣雄君と一緒だった。九州一周も兼ね昭和40年4月26日㈪〜5月7日㈮の予定で、別府―鹿児島―那覇（3泊）―鹿児島―霧島―宮崎―阿蘇―熊本を周った。沖縄では記念写真が2枚アルバムに貼ってある。1枚は「南部戦跡巡拝記念　昭和観光バス　1965　波之上宮」、もう1枚は「中北部観光記念　昭和観光バス　1965　金武寺」と載っている。

アルバムの順で行くと、小倉城を眺めて堀の汚さに失望し、祇園太鼓像の前でパチリ。高崎山で猿をみてから別府温泉地獄へ向かう。その後国分駅に出て桜島へ、鹿児島へ戻るといよいよ那覇に向かう。那覇では電車がないのに驚かされた。もっともここで生活するわけではないのだから、関係ないか。高橋君とスナックへ入ってビールを飲もうとキリンビールを頼むと、そんなのは無いとつれない返事が返ってきた。それではサッポロビールと言うとそんなものも無い。じゃビールを飲みたいんだけどと聞くと、「オリオンビールならあるよ」といみじくもおっしゃった。「それでいいです」私はどんなビールか知らないけれどすぐに手を打った。沖縄では三ツ矢サイダーもなく、代わりにジンジャーエールなるものが出てきた。とに角何となく異国の気分は味わえた。

淀橋電話局の慰労会があって10月に伊豆熱川に行った事になっているが、何故旅行したのかは記憶にない。アルバムを見るとドンチャン騒ぎの写真がずらりと並んでいる。忘年会にしてはまだ早すぎる時期である。この時には、芦ノ湖、十国峠を周って帰ってきたようだ。

41年1月志村局の仲間と、今度は強羅早雲山にスケートを兼ねて旅行した。勿論スケートが主である。箱根湯本からケーブルカーで中強羅で降り、箱根保養所の緑風荘に宿泊して同じケーブルカーで早雲山へ登り、スケート場で滑る計画である。緑風荘の従業員の広瀬千江子さんと気があって、私だけもう一泊し、一緒にスケートしたり、写真を撮ったりした。二人共好意を抱いていた感じで、後になって彼女が休みの日に泊まりがけで新丸子のアパートまで遊びに来た事があった。それくらい互いに気を許し合った仲だったのが、そのうち中距離付き合いでもあるし、〝ずぼら癖〟の直らない私は、遠さにかまけて有耶無耶に流れてしまった記憶がある。懐かしい思い出でもあったし、まあこんなもんだろうと甘酸っぱい感傷に浸りながら諦めたことでもある。矢張りチャランポランな性格はどうしようもない。もう少し気を遣って付き合っていれば、悲しい思い出にならずに済んでいたかもしれない。確かに悔やまれる私の最初の出会いであり、思いの深い出会いでもあった。しかし結果的には今彼女はいない。少しは気分的に懐かしい思い出になってきたので、それとなく『源氏物語』を捲ってみると「香の煙」の文字が目の中に飛び込んできた。漢の武帝が李夫人の面影を見るために反魂香を燃やした。病床の李夫人は武帝が顔を見ようとしても、絶対に見せなかった（『漢書』「外戚」）。『源氏物語』四十七帖「総角」の場面で大君が死の床に伏せっていた時、添い寝していた妹の中の君が転寝から覚め屈託もなく「亡き父宮が夢に出てきて、悩ましげなご様子でした」と言うと、「私は夢でも一向におめにかかれないのに……」と消え入る声で呟き、よその国にあったという「香の煙」が欲しいと思いました、とある。その後、病が極端に悪化して薫が吃驚して駆けつけます。「どうして誰も知らせてくれなかったのか」と嘆きながら、「お声だけでも」と胸の張り裂けそうな思いの薫。あんなにも思い続けた人が聞き取れないほどのかすれた声で答えたまま横たわっている。自分としては香を焚いてでも蘇ってほしい。愛しいその顔で一目だけでも微笑んで欲しい。悲しくも酷い別れである。翻って考えれば広瀬千江子さんに限って言えば大君のような事はあるはずもない。ただ私が会いたい一心で香を焚きたい気分ではある。悲しくて悔いの残る、果てしなくやり切れない思い出ではあった。

それとなく　手折りし花の　香ぞすぐれ　昔おぼゆる　心悲しき

これもまた『源氏物語』に出てきたとおぼしき流れの句であると思う。そうでなくともこんなことをするなんて、自分の数少ないちっぽけな自尊心はズタズタだ。何処へ行けばいいんだろう。悲しみだけがどっと噴き出る感じで、むしろ首をくくった方が良いのかも知れない。

またこの頃にはボウリングが流行っていた。仲間内に一人好きな奴がいてマイボールだけでなく、手袋、シューズも持っており、その後輩にあおられて早朝レーン貸切でゲームしたことが度々あった。ゲーム代が高く1ゲーム250円だったと記憶しているが、今考えると高過ぎるので200円だったのかも知れない。とに角高過ぎたこと自体は間違いなかった。その為1レーンを時間で借り切るのである。勿論早朝の誰も利用してない時間帯である。何回投げても良いし、速いに越したことはなく、どんどん回転を滑らかにするのが勝ちである。ボールを決めると開始時間にすぐ投げる。投げている間に次の人がもう立っている。それの繰り返しである。スコアは二投目の後自分で付ける、その時には次の人がもう投げている。それでも終わった後は全員満足そうな顔をして淀橋局へ出勤した。ボウリング場が新宿と初台の中間にある〝フェアレーン〟だったので、出勤に便利だったのである。

これより少し前かもしれないが、志村電話局の人達と歌声喫茶や労音へ行ったりしていた時代があった。同僚の寺沢君がそちらの方の傾向があり、彼の勧めで皆賛同して繰り出したことであった。労音ではザ・ピーナッツ、本場ではあまり人気があったとは思えないイベット・ジローが舞台に上がっていた記憶がある。ダークダックス、ボニージャックス等も上がっていたと思う。歌声喫茶では『トロイカ』、『カチューシャ』、『黒い瞳』、『もずが枯木で』、『山のロザリア』などに声を張り上げた記憶がよみがえってくる。皆若かったんだなあ、光り輝いていて何でも出来そうだったのだが、あの希望に満ちた思いはガラスの輝きでしかなかったのだろうか。あの頃の私は儚い夢を抱きつつも、若さにかまけて大声を張り上げ、ただ単に人生を謳歌していただけだったんじゃないんだろうか。今考えると空しい感じがする。青春を胸いっぱい吸い込んで、人生の素晴らしさを天高く突き上げようとしたのだろうか。

思い出と言うものは儚く、甘酸っぱい匂いがすると言う。それでいて確かに自分が通り過ぎてきた軌跡ではあるのだから、儚いと思った時点で厳密に言えば人生の失敗である。しかしこんな思い出を持たない人など、実際いるのだろうか。それではあまりにも人生は味気ない事になりはしないか。私は考える、そんなふうな考えをすること自体がナンセンスではないか。まあいいではないか、そんな思い出があったって。しかし私に限って言えば遊び過ぎだった思い出は猛省材料となる事は間違いなかった。

この頃の自分としてはすごく動き回っていたうちの一環として、久し振りに高橋宣雄君と会った。彼とは偶には会っていたのだけれど、それほどでない限りは身近の同僚と行動を共にすることの方が多かった。彼と会ったのは、厚生年金会館で開催された4大ドラマー競演を観に行くためだった。彼はジャズには興味無かったのだが、私が無理やり連れ出したのである。その前に同じ厚生年金会館でプラターズ公演があった時観に行った関係で、すんなり連れ出せたのである。高橋君にとってはえらい迷惑だったろうが、4大ドラマー競演は私にはすごく興味があったし、期待感も大きかった。モダン・ジャズ界のドラマーの大御所が、4人も一堂に会するイベントである。興奮しないわけにはいかないだろう。記憶に違いなければ、バディ・リッチ、ルイ・ベルソン、フィリー・ジョー・ジョーンズ、ここまでは何となく思い出せるのだが、もう一人が出てこない。シェリー・マンあたりか？　バディ・リッチのたたみかけるような素速いドラム叩き、ルイ・ベルソンの華麗なシンバルワークにはぞくぞくした。これでまた〝ダンモ〟が好きになるだろう。

昭和42年7月ジョン・コルトレーンが肝臓がんのため死去。この事は私に少なからず衝撃を与えた。2年前の40年にコルトレーン・カルテットとして歴史に残る『至上の愛』をレコーディング、勿論私も買って聴いていた。眼をつぶって聞いていると心の中にしみ込んでくる。俗に言う歴史に残る名演奏、名盤は多々あるだろう。マイルス・クインテットのプレスティッジからコロンビアに移籍するための、驚異的な「マラソン・セッション」による名盤の奔出「ing4部作」等、人間業とは思えないものまで出てくる業界である。ジョン・コルトレーンにあっても然るべきであろう。

そのコルトレーンが死んでしまった。私はいてもたってもいられず小説を書いていた。『コルトレーンが死んじゃった』という題だったと思う。どうしたらいいのか分からず雑誌をめくって、募集している雑誌社に応募した。一次選考はパスしたけれど、あとは駄目だった。こんなもんだろう、期待感は全くなかった。ただ書いてみたかっただけである。これが多分私が書いた小説の始まりだった。次は『公職選挙法改正』を書いた。これは当時は中選挙区制であったのだが、有力者が区割りを自分に有利にするために、区割りの変更を画策することを書いたものだが、返事はなしのつぶてだった。私はそのとき思った。自分が題材とする内容が悪いのか、それとも自分の表現の仕方が下手なのか、私が出した結論はNOだった。これは選考者が読んで面白くなければすぐボツ、選考者が読んで自分にフィットしなければすぐボツ、選考者の考えにマッチングしなければすぐボツ、選考者の意に添わなければすぐボツ。私は決めた、「応募なんか金輪際するものか。皆それぞれ違った考えを持っているのさ。他人の思考や思想、秘めたる情熱等分かりゃしないのさ。賛同してもらおうなんて思ってもいないし、分からせようとくどくど書いても仕方ない事じゃないのか。俺はただ単に書きたいだけなんだ。認めてもらおうなんてこれっぽちも思ってやしない。何でもいいから記録に残したいだけなんだよ」。

この件に関しては後年、『朝日新聞』の「折々のことば」欄で鷲田清一が次のように書いている（平成29年7月22日）。

『文学者の生原稿を読むときは……耳を澄ませてその文章の底に流れている語調とリズムをできるだけ注意深く聴き取ること

坂本忠雄

かつて小林秀雄から「読みの浅さ」を警められた文芸誌「新潮」のもと編集長は、以後「眼で字面を追う」のでなく、文にこう向かうよう自らに課したという。言葉はいのちの弾みを圧縮したもの。その息遣いごと抱擁するのでなければ、言葉に託されたものを聞きそびれてしまうということか。『小林秀雄と河上徹太郎』のあとがきから』

蛇足ながら私はいたく感動したのでここに記録した。

しかし私が考えに至ったもやもやは片隅に残ってしまい、ただ単に割り切ってしまえるものでもなかった。多くの人に読んでもらい、判断を仰ぎたい気持ちでいっぱいである。

6

淀橋電話局に席を置いて、意には添わなかったがさんざん遊び呆けているうちに、昭和43年になって鈴鹿サーキットで有名な鈴鹿市へ訓練に行かないかと課長から誘いを受けた。当時の交換機は〝A形交換機〟と言われて、上昇＋回転式の交換機で番号を選択して繋いでいくのである。そこに新しい〝XB交換機〟が開発されたというわけである。バーをクロスさせてそのクロスポイントで繋いでいくのである。その最新の技術習得のための誘いであった。電電公社はいろんなところに訓練所があって、鈴鹿市白子町にも鈴鹿学園があった。1・5カ月間の訓練出張であったが、一人住まいの身軽な自分には断る理由もなく、1・5カ月ばかり遊びにでも行ってくるかくらいの思いしかなかった。全員入寮制で一室に3人入れられた。机が四つ、二段ベッドが2台設置されていて、4人部屋なのだが3人で好きなところを選んだ。私の部屋は長崎から来た年配の方と、もう1人私より少し年上の人とのグループとなった。今回の訓練は全国から集められていたので、訛りもいろいろ飛び交ってユニークな感じのする集まりだった。東京からも数名来ていて東銀座局の先輩と一緒だった。懐かしい思いの中にほっとする気分が混じり、愉快に過ごせそうだった。

新技術だけに今までとは勝手が違う訓練となった。今までだと上昇＋回転で接続する番号を選び、ワイヤーを通して次のステップへ行くのである。ハードなものでしかない。新技術の交換機は一旦送られてきた番号を蓄積保留し、CMという中心のコントロール部署で処理・接続をするのである。コントロールされる部署はレジスター、センダー、そしてCMの補助装置としてDM（ダイヤルトーン・マーカー）、TLR（トランスレーター）、TNG（トランクナンバーグループ）、NG（ナンバーグループ）、等が配置されていた。要するにハード接続だけではなく、制御接続であった。私にはかなり難度のもので、快適な遊び混じりの訓練だと思っていたがどうしてどうして苦痛すら覚えた。

教室から帰って来るとまず復習である。夕食は共同でバカでかい殺風景な食堂でとるのだが、多分300人は入れる巨大な騒々しい空間で、天井がすごく高かったのを憶えている。鈴鹿学園に着くとすぐ部屋わりと、朝・昼・夕の食券が1カ月分渡される。朝はパン中心の食事、ご飯中心の食事があり、好きな方を選べる。昼はほとんどがカレーだったと記憶している。夕食はほぼ決まって肉系と魚系があってどちらかだった。ただ食事のおかずは全然足りない。よく出来たもので食堂の隅の方に売店が出ていて、ノリの瓶詰、福神漬の瓶詰、諸々の缶詰等様々なものが用意されていた。食事の後は思うままに風呂に入るのだが、これまた風呂がバカでかい。もうもうと立つ湯煙の中で、手早く身体を洗い、ザブンと混雑する湯船に浸かり出てくるだけである。それから部屋に帰りまた少し勉強をする繰り返しである。少しして慣れてくると、東銀座局の人と他に数人交えてオアシス（夕食後同じ場所で酒を飲む所となる）で憂さ晴らしをした。門限は10時で鉄扉が引かれ、よじ登って越えないと中には入れない。寮の前には小さな中華料理店が1軒か2軒あったくらいで、白子駅前にもこれと言った店は無かったと思う。その為私は1回名古屋駅まで一人で飲みに行ったことがあった。『じゅく』に対抗するには名古屋へ出なきゃしようがない、そんな思いがあったのだろう。今考えてみると名古屋へ出たって何処へ行けば良いのかなど分かりゃしない。それでも飲んで帰ってきたところをみると、それは『じゅく』の繁華街をうろつきまわって過ごした一種の勘と言うべきものかもしれない。スナックみたいなところで飲んだのだが、有線放送から森進一の『港町ブルース』が流れていたと思う。結構飲んだが門限に間に合わせるよう時刻表も調べてあったので、近鉄だったか名鉄だったかに乗ってほっとする間もなく小便がしたくなった。「ビールの飲み過ぎかもしれないな」私は落ち着かなくなってきた。勿論トイレなど車両にあるはずもない。降りて処理しようとしたが、この電車で帰らなければ門限には間に合わないことが分かった。「これはまずいな、やっぱりビールの飲み過ぎか、どうしたらいいんだろう」。思いあぐねたすえ電車の最後部へ行き、顚末を車掌に言ってどうしたら良いか相談した。車掌も馬鹿馬鹿しい相談なので咄嗟に返答も出来ないでいたが、「次のホームで少し停めてもらうよう運転手に電話で言っておきますから、電車のドアが開いたらすぐ出て端の方へ走って行って用を済ませてください。終わったらすぐ電車に戻ってくださいい。いいですか、それじゃ一番前の車両の一番前のドアの所で待ってて下さい。いいですね」「有難うございます、これで門限に間に合います、本当に有難うございます」。私は出そうなのでゆっくり車両を変え、先頭車両の一番前のドアの所で待った。ドアが開くとすぐ飛びだし前へ走って用を済ませた。お陰さまで門限には間に合った。

今にして思えば、こんな事ばっかりやってるからろくな者にならないんだ。「俺は人生を甘く見過ぎているんじゃないのか。思考を少しずつ積み重ねていこうなどという殊勝な考えは、もともと持っていなかったんだろう。何かと言えばああだ、こうだと言い訳ばっかりして、破滅しちゃえばいいんだ俺の人生なんか！　しかしそんな事を言ってばかりいても、埒が明かない。前にも思ったけどトルストイにでも木っ端微塵にされてしまえばいいんだ。『すべての人は世界を変えたいと思っているが、自分を変えようとは思っていない』。破壊しようにも覚悟もちっぽけだし、大きなことを言ってもそんな度胸などありゃしないのさ。これで分かった、少し高い理念は持っているかもしれないが、誘惑や歓楽の極みには簡単に流されてしまう質なんだ」私は続けて考えてみる。「俺にとって大切なことは、自分を変えなければではないのか。少しずつでもかまわないから、根気よく積み重ねていくべきだったのではないのか。チャランポランで〝ずぼら〟な性格を直す筈だったのではないのか」

1カ月半経った6月15日訓練は無事終了し淀橋局に帰ってきたが、すぐ中野電話局へ転勤を命じられた。中野局は古い由緒ある局で、正門がレンガ式のアーチ型である。そこにXB交換機が導入されるための転勤であった。私は少しではあるが、最新の技術習得者として意気揚々と乗り込んだ。新技術にタッチした人は新宿管内にもあまり見当たらず、先行してXB局を開局していた牛込電話局に中山さんという先輩が目につくぐらいだった。中野局では〝384〟の局番が付与され、新局番としてXB交換機での開局となった。

行ったばかりの時の作業は、志村局、淀橋局の時と同じで前室勤務の肩書で行うのであったが、内容はがらりと変わっていた。開局に向けての資料作りがほとんどで、デスクワークに追われた。交換機の清掃点検は、交換機リレーは全てリレーカバーで覆われ、機械室は空調が完全に作動し、作業員は防塵服を着ていたので、始めのうちは障害が出ない限り必要としなかった。勿論時間が経つにつれリレーにも埃が着くし、バーのクロスポイントにも埃が着くので、スケジュールを組んで定期点検清掃はしなければならなかった。A形交換機の機械室でも空調は完全であったし、廊下履きと機械室履きは厳重に守られていたが、防塵服までは着なかった。XB交換機ではワンランク厳しくなったのである。

係長と係長代務それに私と同じ年配の者が付き、4人でXB係を組んで新局番開局に向け走った。CM、DM、TLR、TNGの回路図を広げてはああでもない、こうでもないと苦戦したことが思い出される。苦痛ではあったが引っかかりながら少しずつ進んでいくことに楽しみもあった。この時の苦労が後になって実り、新宿管内ではXB交換機に関しては3本の指に入るとまで言われるようになっていた。こういう噂は自分から吹聴しても得られるものではなく、全然気にかけていなかったのだが、周りからじわっと滲み出るように湧き上がってきてそうなっていたとしか言いようがない。当時の新宿管内は広い、新宿局、四谷局、牛込局、中野局、野方局、杉並局、淀橋局、井草局、高円寺局、阿佐ヶ谷局、烏山局、松沢局、荻窪局、少しして大久保局、西新宿局が出来た。九段局も入っていたと思う、と言うのは中野局から九段局へ私自身転勤になっていたのだから。

私は鈴鹿学園に行く半月前くらいに、新丸子のアパートを出て父の所へ転居した。その頃になると元住吉から、横浜市神奈川区菅田町に住所が変わっていた。何故父の所へ行ったのかと言うと、学園では布団はいらないという事で、いろいろ整理もしなければならずこういう事になったのである。訓練から帰って来ると西武新宿線の青梅橋寮に入った。しかし勝手気ままに暮らしていた自分には窮屈で、すぐ出て同じ西武新宿線の西武柳沢に引っ越すこととなる。田無駅の一つ手前の駅である。東横線新丸子に居た時もそうだったが、夜銭湯に行くとその帰り食事する所へ寄っていた。ここでは餃子２人前とビール２本が定番だった、それでも腹が減っているると野菜炒めを追加した。気儘に生活出来たことは良いのだが、大問題があった。未だに思い出すのも苦々しいが、夜と言わず昼までもゴキブリが這い回るのである。しかもちっちゃな子供ではなく、黒光りして立派な羽を持った凄い奴なのである。1回取ろうと思って新聞で叩いたら、飛んできやがった。もう駄目だ、恐れ多くも退治しようなどという気持ちは喪失した。何となく怖いけど無視するしかなかった。酷い時は1回こんなことがあった。夜少し遅くなって帰って来て部屋のドアを開けようと鍵を回しドアを引っ張ると、ゴキブリが1匹上からストンと落ちてきた。ほろ酔いで帰って来たのにシャキッと体が硬直してしまった。覚悟を決めた私は開けたドアと炊事場の上の壁を調べると、小さな穴が開いている。これではもう駄目だと観念した。

開き直ると現れても平然さを装えた。内心暗い気持ちにはなったが、見過ごす余裕が出てきた。「こっちが手を出さなければ飛ぶこともあるまい。おとなしく控えめにしている分には、少しぐらい動いてもしようがないというものさ。持ちつ持たれつの心境だな。俺は持たれるものは何にもないけれど、まあしようがないか。雲水にだって不殺生という戒めがあるじゃないか」。私は不満ではあったけれどこんなところで手をうった。

中野局XB係の仕事は忙しかったけれどやりがいのある仕事だった。分からないことばかりだったが、施設記録書を何回も別の施設記録書と照らし合わせ、取っ替え引っ替え見比べて少しずつ進んだ。どうしても分からないと牛込局の中山さんに電話で聞いたりした。少しずつでも知るという事は楽しいものである。こうなると仕事の後の一杯も楽しいものとなる。何しろ局の前の青梅街道を跨いですぐ目の前が酒屋である。通りが激しいので二、三人で渡るのだが、それでも車の走りに切れ目がない時は、地下鉄新中野駅の方へ70メートルくらい行って信号を渡り、戻って来るのである。そこの酒屋で立ち飲みをするのだが、店の中では飲むことはあまりよろしくない。その為馴染みという事で裏の酒やビールが置いてある倉庫を借りるのである。空箱に座り、缶詰やソーセージ、するめなどをつまみに酒、ビールで少し調子を上げることになる。ほろ酔い加減になると出てすぐの路地を20メートルばかり奥へ行くと飲み屋〝おとめ〟

となる次第である。そこで焼き鳥、煮込み、御新香で気炎をあげるのである。それはもう屈託のない楽しい時であった。

ＸＢ局が開局すると、中野局Ａ形交換機に携わっていた人も、毎日何人かずつ替わって習練に来た。そのうち４階に上がってくる期間が１カ月単位になっていった。４階に上がってくるという事は、４階はＸＢ交換機室であり、２階、３階がＡ形交換機室だったからである。担当になった人はＡ形交換機の時とは違って、共同の防塵服と防塵靴を着けなければならなかったが、クレームをつける人は一人もいなかった。そこで作業というよりは、接続の流れを加入者リレーからＬＬＦ、ＴＬＦ、ＯＧＴ（出トランク）へと説明し、繋ぐ経過を追っていくのである。これが私の毎日であった。加入者リレーの収容位置と電話番号を変換させるＮＧでのジャンパーの張りかたを教えるのも重要なレクチャーだった。また、トランクにも色々あってＩＣＴ（入トランク）、ＳＰＴ（特殊トランク）等があった。こんなことをこれ以上詳しく述べてもしようがないから、ここで打ち切りにする。少し時間が過ぎるとＸＢ専用担当者が出来、数人はずっといることになった。多分それからだろう、仕事が終わると一緒に飲みに行きだしたのは。人生の流れはどうしようもない。信念のない人間はどこまで行っても果てがない。既にサミュエル・スマイルズは忘れ去って、出てくる事さえ無くなっていた。ただ救いといえば、暗い籠もった陰湿な飲酒ではなく、さらっとした飲み方だったたと思う。

更に言えば本を買って読む機会が多くなったことである。と言うのは、局から２００メートルと離れてない場所（鍋屋横丁内）に本屋があって、昼休み時間に本を探すことが楽しみになったからである。それも今までと違って文学と呼ばれるものではなく、仏教ものが極端に多くなっていた。『禅語百選』、『行雲流水の心』、『わたしの般若心経』、『阿弥陀経の心』、『白隠の読み方』、『般若心経の心』、『道元の読み方』など、併せて学研からシリーズで出していたブックスエソテリカの諸々の本、自分でもどんな心境の変化があってそうなったのか分からないが、日本通信教育連盟生涯学習局主催の「日本人と仏教・入門講座」にまで手を出していた。この事はこんな時これと言って読むほどの本がなかったためだろうか。もっとも電車の往復時間に少しは読んでいた、横溝正史、エラリー・クイーンも急に読みだし、両作家の文庫本はほとんど読んで本棚に取り揃えてある。

この頃だったろうか、それとももっと前だったろうか、調べれば分かるとは思うのだが、正確な時期は重要ではないだろう。夜ラジオの文化放送で、その日1編だけ選りすぐって詩を放送していた番組があって、由紀さおりさんの『夜明けのスキャット』で始まる番組だったと記憶している。たまたま応募した自分の詩が入選して、チョコレートをたくさん送ってもらったものである。

乳色の靄が微かに動いた時
まだ心の底に残っていた

小さな明かりが
貴女を見つけたのです
それまで恐ろしかった
夜の触手が好きになれるよう
じっと見詰め
微笑んでくれました
私は男のくせに目にいっぱい涙をため
そんな貴女の愛を出来るだけ素直に
受け入れようとしたのです
そして貴女の細い円やかな背中に
生きている喜びを
そっと書きたかったのです

この詩は高橋君と会った時、高橋君が局にアルバイトで来ている人なんだけどと言って、女の人を連れてきたことがあった。小っちゃくて可愛い控えめな女性だった。私に言わせれば恋人でもないくせに、私に見せびらかすために連れてきたとしか思えない状態だった。どんな用事で会う事になったのかも思い出せないので、何処へ行ったのかも記憶にない。ただチラッと何回か見た感じでは可愛い人だなあと思った。別れて下宿に帰ってからもなんとなく記憶に残る人になっていた。「こういう人とは会ったことがないなあ」私は少しボオッとして考えていた。私も若かったと思うけど、今日来たアルバイト生はもっと若かった。自分にはそれだけで清潔感が十分に感じ取れた。「若いって素晴らしいなあ」高橋君がうらやましくなった。矢張りここで引き合いに出すと言えば『源氏物語』しかないだろう。引き合いになるかどうかは分からないが、そんなことはどうでも良い、何か引き合いに出さないではいられなかった。

イメージを進めてみると、四十九帖「宿木」にある薫と朝顔、匂宮と女郎花の話が思い出される。望んで側に置いた中の君と穏やかな毎日を過ごしていた匂宮、それが夕霧の割り込みにあい夕霧の娘六の君と結婚することになる。薫は中の君に匂宮を引き合わせた事を後悔します。中の君の事を気の毒に思い、眠れぬ一夜を明かした霧深い早朝、牛車で中の君を見舞うのです。勿論薫は、匂宮が内裏に宿直して留守なのを承知の上で、出かけるのです。途中露を置いたまま清々しい朝顔の花に出会い、手折って扇に載せます。それを中の君の御簾の中にそっと差し入れると、萎れかけている朝顔の花を見て「露を落とさないでよくここまで持ってきてくれましたね」と優しい言葉が返ってきます。

『よそへてぞ　見るべかりける　白露の　ちぎりかおきし　朝顔の花（薫）』
『消えぬまに　枯れぬる花の　はかなさに　おくるる露は　なほぞまされる（中の君）』

一方、父夕霧の計らいにより共寝をした六の君と匂宮、別れて匂宮から六の君に後朝の文が届く。その返事を書くのが義母である落葉の宮である。「女郎花（六の君）が今朝は萎れています。朝露（匂宮）がどのように接した名残なのでしょう」

『女郎花　しをれぞまさる　朝露の　いかにおきける　なごりなるらん（落葉宮）』

考えてみるに広瀬千江子さんは素敵な明るい行動力を持った女性であったが、今日会ったアルバイト生はおとなしく、遠慮した行動が初々しい。それにしても千江子さんは今はいない、寂しい感じでいっぱいである。ただ考え方を少しずらして思ってみると、『源氏物語』の「帚木」帖で光源氏、頭中将、左馬頭、藤式部丞が集まって「雨夜の品定め」談議に入る。〝指食いの女（嫉妬深い女）〟、〝木枯らしの女（浮気な女）〟、〝常夏の女（内気な女）〟、〝大蒜の女（才女の女）〟といろいろ出てくる。〝常夏の女（内気な女）〟の話をしたのは光源氏の親友であり、ライバルでもあった頭中将である。ひっそりと始まった恋で、長続きするかどうか心もとない関係だったのですが、途絶えがちにしているうちに、かき消すように失踪してしまったという話でした。〝常夏の女（内気な女）〟との関係が消滅したのは、頭中将の話では『別れる気もなかったのに淡泊すぎて失敗した例です』と結んでいる。

私の失敗も自分のチャランポランな性格と、してはいけない〝ずぼら癖〟の結果起きてしまったものである。矢張りここのところは自分のしてきた経過を悔やむしかないではないか。もやもやとした気分が少し大きくなり、気持ちが高ぶってしまったのだろう。そんな思いで一気に書いてみた。しかし詩を書いた後ラジオで発表してもらうと、そんなこともすっかり忘れていた。「人生いろいろあるけど、ただ単に流れていくだけなんだなあ。そんなもんだろう人が流れていく生きざまは」。私はチョコレートを口に入れながら無常感に浸っていた。

7

そんな事があってから、1年以上経って家内と結婚した。それは『源氏物語』風に言えば〝宿世〟としか言いようがない。〝宿世〟といっても陰陽道に言われる〝忌〟とは全然関係なく、今風で言えば〝赤い糸で結ばれていた〟とでもいうべきか。自然とそうなっていたとしか言いようがない。好きで好きでどうしようもなくて結婚したのでもなく、しがらみに縛られてしたのでは勿論ない。互いにほんのりとした気分に揺らぎ、気が付いていたらしていたという感じだった。勿論私から申し込んだのだろうが、自分でもはっきりした記憶はないのである。

家内を紹介がてら仲人を頼みに行った時、大塚の叔母が非常に感心していたことをはっきりと覚えている。障子を開ける時も膝をつき両手で開けていたし、挨拶をするときも爪先をついて深々と頭を下げていた。叔母に言わせれば「今時珍しいくらい出来たお嬢さんだね」とほめちぎっていたことは、私にとっても少し自慢であった。確かに一緒に歩いていても、私の前を歩くことはしなかったし、話をしていても自分からああだこうだと言った事も無かった。当時としてはやはり目新しい方だったのかなあ、それとも古すぎたのかなあ。ただ一つだけ不満があった。夏のかんかん照りの最中、世田谷の用賀にある家内の家に挨拶に行った事があった。私は冷えたビールが出てくるものだとばかり思っていた。しかし同じ麒麟でもビールではなくレモンの方だった。家内が言うには「私の家では誰もアルコールは飲めないの。だからビールも酒も買ってないのよ」。私は唖然とした。「誰も飲まないなんて信じられるものか。俺ん家じゃこんなことは常識だ、日常茶飯事の何でもない事なんだ。こんな暑い日は冷たいビールかギンギンに冷えた冷用酒に限るじゃないか」。しかしないものは仕方がない、諦めるしかなかった。後で話した時私は愚痴っぽく言ったものだ。「ああいう時は冷えたビールくらい欲しいもんだね、とに角汗をかいちゃったもんだから」。家内の返事がまた微妙である。「私の家では奈良漬でもだめなの、食べると酔っ払っちゃうから」。私の家では昼と言わずビールなんかはキリンレモンのようなものである。片や家内の家ではアルコールは全く受け付けない。これでは上手くいくはずがない。それでも何とか持ちこたえているのは、ひとえに家内の我慢と想像することさえ出来ない忍耐のたまものであろう。

結婚を控えた2週間くらい前に高橋君の紹介で、草加の駅近くにアパートを借りた。6畳一間だったが狭すぎると感じたことは無かった。しかし家内が入って来て、洋箪笥、和箪笥、戸棚、鏡台を置くと全然狭いと気がついた。台所の板の間が少し広くとられていたので、ガス台の横に少し間を置いて冷蔵庫が置けた。炊事場は直角にあり窓に面して明るかった。さすがに洗濯機は無理で外に置くこととなる。押し入れは結構広くて、長男が生まれた時は、そこに子供用布団を敷いて寝かせていた。

式を挙げたのが2月上旬だったので、新婚旅行から帰って来ると寒さで震え、急いで灯油を買いに行った思い出がある。風呂は無く銭湯へ行くことになるのだが、家内は銭湯へ行ったことがなかったので躊躇っていたがこればっかりはどうしようもない。結局は銭湯通いとなるのである。『神田川』の歌ではないが、ほとんど私が先に出て待つことになる。残雪が道の端に積み重ねられており、寒いったらありゃしない。それでも我慢して何食わぬ顔で待つのである。湯上がりで火照った顔も、家に着くころには少し強張っていた。共稼ぎではあったが希望に満ちた毎日を過ごし、楽しい笑いがあった。家内はいつも控えめで、これといった出過ぎたことはしなかったし、お互いに慎み深くいたわり合う日々だったと記憶している。

結婚する1年前だったと思うが、国際反戦デーに伴う全学連、反戦青年同盟と機動隊の紛争に巻き込まれたことがある。電電公社の組合全電通で小冊子を出しており、詩や俳句、踊り、演奏などいろんな活動と作品が発表されている、いわば社内文化誌なのであるが、文芸特集として小説を募集したことがあった。そこに私はその経験をもとにして『国際反戦デーに於ける一断片』と題した作品を出した。ここに紙魚の臭いがするいかにも古めかしい『全電通文化』がある。この小冊子に掲載された。最終頁には次のように書いてある。［全電通文化　昭和四十六年四月十五日／印刷　昭和四十六年五月一日／発行　発行　全電通労組中央本部　第十六巻第六号　通巻77号］。思い出深く手に取ってみると作中に書かれている当時の感じが蘇ってくる。なんともいえない気持ちではある。

作品内容は、とに角人が多かったところから始まる。それに伴ってシュプレヒコールへと続き、投石、機動隊の突入、民衆の逃げ惑う姿、いつもだとあんなに賑やかだった新宿の街、それなのに雨に濡れてひっそりと佇むビル、人通りの無い黒々とした路地へと流れるのである。

【人が多すぎた。何処からどのようにして集まって来たのかは知らなかったが、とに角多かった。或る人はジーパンに肘あてのついたセーターを着け、その隣の人はジャンパーをかなり猫背に着ていた。そしてずっと隙間なく眼鏡をかけた人や、意味あり気にニタニタ笑っている人や、恐怖に目をつり上げた人が並んで細い歩道に立っていた。なかにはかなりの数の女もおり、それ以上に若い男の苛立った顔が見え、更にもっと多くの無気力な背広姿が立ち並んでいた。人の波は歩道ばかりでなく、それほど広くない車道の大半にまで流れて行き、それらの流れを押しとどめようとしている機動隊のさし出す楯によって、辛うじてそこで行き止まった。
一つの罵声が次には五人の罵声になり、いやおうなく群衆の上に波及して低い罵りの合奏となって行く。と、次の瞬間それまで集合体の一部であった者が躍り出て、口汚く罵りながら機動隊の楯めがけて投石を繰り返す。……機動隊のスピーカーが狂ったように怒声を上げる。「近寄らないでください。危険ですから近寄らないでください」群衆の波はそんな警告を無視して、更に前へ進んだ。その時、静かだった機動隊の波が激しく揺れたかと思うと、急激な勢いで群衆の波へ突き進み、目をつけていた数人の先導者を摘み取る。傍観的な群集は我先にと逃げ出す。……私が地下鉄で新宿のホームに入った時は、既に東口の出口は危険と言う事で封鎖され、そこから外へ出ようとしていた人達は反対側の西口へ廻らなければならなかった。……】
この小品は住作作品として『全電通文化』の誌上に載ることとなった。さっき書いた通巻77号にである。
この事件の時はまだ西武柳沢にいたので、電車は走っていないと思ったけれど西武新宿駅に行くために、今にも降りそうな曇天の下、反戦青年同盟と機動隊の追いかけごっこを横目に、どうでもいい気分でゆっくり進んだ。電車が走っていないのなら走るまで待つつもりでいた。案の定改札口は封鎖され、手持ち無沙汰の駅員が一人うろうろしていた。私は聞いてみた。

「電車は走らないのかね」「駄目です。走りません」「全線不通なんだろうか?」「上石神井駅からむこうは走っていますがね」「上石神井だって?」「ええ、そこから向こうへ折り返し運転しているんです」「こちらの走る見込みはどうだろう?」「さあ分かりません」。こんな会話があったはずである。私はどうしたものかと迷っていると、駅員は私の肩を押しながら、「そんな事よりここから出てください。もうすぐ全学連が高田馬場の方から、線路づたいに歩いて来るそうですから」。

私は黙ったまま駅員から離れて、ガソリンスタンドの裏を通り、東口と西口を結ぶガード下へ歩いて行った。今考えてもなぜそこに行ったのか分からないが、或いは一層激しくなっていた群衆の渦に引っ張られたせいかもしれない。私の頭の中は、しだいに押し上げられていく不安と、滅入りそうな騒擾とで混乱してしまい、いつもの平静な思考などすっかり委縮してしまっていた。ガード下は人でいっぱいだった。渦巻は東口広場から流れて来て、ガード下の西口へ出ようとするところに来ていた。私は、すっかり埋まっているが動きながら微かにバランスを保っている人を押し分けて、わずかに機動隊の小さなかたまりの見えるところまで進んできて、不安定に背伸びをしながら見ていた。装甲車と近付く危険に獣的になっている機動隊を中心に、少し距離を置いて群衆が取り囲むようにじりっじりっと押し寄せる。それが大きなかたまりとなってゆっくり動いて行くのである。スピーカーが狂ったように同じことを何度も繰り返していた。それに呼応して群衆の中から誹謗する声や罵倒する声が起こる。するとその声の近くで合奏となり喊声が上がった。私の隣にいた人も声を張り上げていた。その斜め前のひげを生やした背の高い人も声を出していた。私は黙ったままこの異様に張りつめた状態を眺めていた。一段とヤジが激しくなると、機動隊は身構えながらより小さな間隔で後ずさり、それを獲物か何かみたいに群衆が追いつめる。何処でたくのか盛んにフラッシュが群集を一瞬の明るさの中に浮き上がらせる。小さな不安が誰もの脳裏をかすめた。私の後ろで話す声が小さく聞こえた。「こりゃ危ねえぜ、随分フラッシュをたいてやがる」「そうだな、こんなところで写真なんかとられちゃ」「どうする、そろそろ帰ろうか？」「電車走っちゃいねえだろう」「それさ、俺たちは何の関係もないんだ。それなのに家へは帰れないときているし、ちょっと楽しもうと見に来ると証拠写真ときやがる」「しようがねえや、向こうはこの日にやるって言ってたしな。文句ならもっと早く帰宅させなかった課長にでも言うほかはあるまい」「全くだ、だけど写真に写らないように注意した方が良いぜ」「お互いにな」。彼らは互いに顔を見合わせて含み笑いをしていた。

今、懐かしく思い出してみると、その場にいた人は概ねこんな会話であったろう。私は一人だったのでもう少し不安が募っていたかもしれない。それでも家に帰っていた事は間違いないのだから、騒ぎが無くなって夜遅く着いたのだろう。騒ぎの事は覚えているのだが、この点に関しては定かでない。

この事件は私に大きな衝撃を与えた。以前思考したことがあるトルストイの言葉が重たく圧し掛かってきたのである。

『すべての人は世界を変えたいと思っているが、自分を変えようとは思っていない』

私は世界が少しでもいいから変わってくれないだろうかと思ってばかりいたが、結局は何もしない、出来ないで惰性的に過ごしてきた。それがここで戦っている全学連、反戦同盟の若者は屹然と立ち上がり、巨大なものにぶつかっているではないか。この行動が世界を変えるかどうかは分からない。もし無駄であったにしろやってみなければ分からないではないか。口先ばかりでは駄目である、行動こそが大事なのだ。前にもサミュエル・スマイルズにアドバイスを受けた事が思い出される。『かけ声ばかりで実行されない行為、いつまで経っても手が付けられない計画――これらはいずれも、ほんのちょっとした勇気ある決断がなされないのが原因である。口ばかりで何もしないなら、黙っているほうがはるかにましというものだ』。私は以前の自分を思ってみる。「あの時はもっと鋭い感覚で、毎日を過ごしていたのになあ。今ではこんな鈍い錆びついた思考になってしまっていたんだ。……それもそうだろう、人生についてなんて、ここ数年考えたことなどなかったものなあ。しっかりしなきゃ俺の人生もボロボロだ」。私は曖昧模糊の感覚の中で、もう一度自分の人生設計を立て直さなければならないのかなと思った。「御無沙汰していたサミュエル・スマイルズにもう一度会わなきゃならないだろう。

これが本当の俺なのさ」。私は漠然とこれからの設計を感じながら『全電通文化』の小冊子をしまった。

此の事件があってからの自分には、もっと仕事に精を出す気持ちが高まっていった。それと同時に仕事に対するこだわりが強くなったと思う。

まず私は後輩の技術アップをはかるため、午後2時頃から勉強会を開いた。さし障りのない所へ白板を置き、椅子を数脚用意した。前もってテーマを決めておいたので、それに基づいてレクチャーを進めた。始めは通話路の接続の流れを話し、加入者リレーの動作順序、それに伴う注意事項を説明する。それが終わるとトランクの説明に入り、OGT（出トランク）、ICT（入トランク）、SPT（特殊トランク）へと流れる。SPTには〝119〟、〝110〟、〝113〟、〝116〟、〝104〟、〝0060〟等、諸々のトランクが入っていたが重要度の大きい〝119〟、〝110〟に絞って説明した。それからMKR（マーカー）に入るのだが結構時間はかかった。だいたい1日1時間か1時間30分くらいの目安で行った。後になって後輩に聞くと、参考になったし有難かったという返事をもらった。しかし課長の許可も取らないでやっていたのだから、たまに機械室に入って来てこんな状態を見ると、最初のうちは勉強会かねと言っていたのが、次第に含むところがあるように見えてきた。

最初は些細なことで課長とぶっつかった。お互いわだかまりのない衝突だったはずであったが、少しずつ避ける態度になってきた。私は自分に与えられた仕事をしっかりやればいいと思うようになっていたので、これが尊大さを招く状態になっていったのだろう。少なくともXB交換機に関しては有無を言わせない態度をとるようになっていたと思う。同僚とはそれまでと同じく接していたが、課長との溝は埋まらなかった。私はそれでもいいと思った。自分でやらなければならない事はちゃんとやればいいのだし、何かあれば（異常障害紛いのもの）こけるのは多分向こうだろう。こっちに泣きついてきたって、そんなこと知ったことか。私は少々鼻持ちならない天狗になっていたようだ。これも仕方がない流れだろう。人生は浮いたり沈んだりの繰り返しであるといろんな人は言うが、私自身もそう思っていたので、これもやむを得ない成り行きであった。私は何食わぬ顔で出勤し、滞りなく仕事をして帰宅した。不満は無かったが、何となく薄い靄がかかった気持ちで毎日を過ごした。それでも家へ帰ると気分的にもやもやは無くなり、すっきりしたいつもの状態だった。共稼ぎだったがいつも家内の方が早く帰宅していたと思う。と言うのは私が料理した記憶がないからである。それよりも夕食をどのように取ったのかも記憶にないのである。今こんなことを言ったら家内に呆れかえられるかもしれない。仕方あるまい、本当に記憶にないのだから。

家内と結婚したのは2月の始めだったので、5月に入って妊娠したことを告げられた。私にはあまり感慨というものが無かったが、こういう事は家内にとっては失礼極まりない事に違いない。私は子供が出来るんだと思いながら、会社勤めをいつもと同じように繰り返した。或る時などは家内が体調を少し崩し辛そうだったので、休ませてもらったらと言うと、家内はこのくらいは何でもないという。そこで私が家内に合わせて出勤時間を少し遅らせ、方向が同じだったので一緒に電車に乗ったことがあった。草加から北千住に出て、直通の日比谷線になったのだが、立っていたので途中気分が悪くなったとみえ、前に座っていた人に座席を譲ってもらった。それでも気分は治らなかったとみえ、茅場町駅で電車を降りホームのベンチに座り込んだ。私も心配でいろいろ聞いてみるのだが、本人は辛そうであまり返事もしない。電車が来るたびに雑踏が激しくなる。それがまた本人には辛いとみえ大きくのけぞる。私はどうすることも出来ずおろおろするばかりだった。だけどどうしようもないので、とに角落ち着くまでベンチに座って耐えるしかなかった。10分くらいすると少し落ち着いてきたと見え、家内が意を決して立ちあがり東西線に乗り換えた。私は大手町駅で丸ノ内線に乗り換えなければならないので、短い時間ではあったが何度も行けるか聞いた。家内は大丈夫と言う。私は心配だったが、無理をしないように言って別れた。職場に着いても始めのうちは心配でどうしたものか不安だったが、すぐに忘れてしまったらしい。それが帰る時間になるとまた不安がよぎった。帰路中もどうなったかなあと落ち着かなかったが、家についてやっと安心した。というのはその時代には家に電話を引く余裕など全然なかったから、電話をしたくとも出来なかったのである。家内は会社へ行って仕事は何とか済ませてきたらしい。帰りの電車でも何も無かったという事であった。今までも家内は芯が強いと思っていたけれど、子供が出来るとすごい逞しさだなあと感心した。「俺も見習わなけりゃ」。

６月下旬になると社内の情報で、データ関連の募集がある事が分かった。多分当時ではデータという分野は新しい作業の方向性を開拓して向いたものであろう。同じ中野局機械課所属でＰＢＸ係の渡辺君が応募したいという事で、手を挙げた。この渡辺君は、ＰＢＸ勤務だったので中野丸井デパートにも出入りしていて、割引も利用できるかもしれないという事で、エメラルドの婚約指輪を頼んだ人だった。家内と指輪を取りに行った時、２万円くらい値引いてもらったので二人ともすごく喜んだ記憶はまだ残っている。渡辺君に触発されたわけではないが、私も応募してみたい感じになった。理由は、今のままでも良いのだが少し新しい仕事をやってみたいなあと思ったからだろう。これには適性検査があり、私はパスしたのだが渡辺君は駄目だったのではないかと思われるのだが、半世紀前の記憶なので違っていたかも知れない。いずれにしろ私は選ばれたわけで、実際問題としてなにもデータ方面に行かなくたって、今のＸＢ交換機に居れば得意顔でいられるわけだった。しかもこちらは電電公社の本体である。好きこのんでわざわざ傍系に行くこともあるまい。しかし何かマンネリ化していたことは否めない。「子供も出来ることだし同じ電電公社ならば、少しは変わったことをするのも悪いことではあるまい」。私は緩んできた気持ちを引き締める意味で、データに行く事を決めた。こう決めたことに関しては、トーマス・エジソンの後押しもあったのではなかろうか。

『忙しくしているからといって、本当に仕事しているとはいえない。……ただ仕事しているように見えるだけでは、何もしていないのと変わりないのである』
（トーマス・エジソン／発明家／アメリカ）

当時はデータなんて聞かされてもどんなものか分からない。教える人がいるのだから、すでにその知識を持っている人はいるんだろう。自分にはついていけるだろうか、あれこれ考えてみると不安も無くはなかった。新しい分野だけれど、XB交換機の訓練では結果は上々だったじゃないか、やってみなけりゃ分からない。頑張るっきゃないだろう。

『人間、志を立てるのに遅すぎるという事は無い』
（スタンリー・ボールドウィン／政治家／イギリス）

「やってやるさ、俺には出来る筈だ。間違いなく俺には出来る筈である」。ただちょっと心配だったのは、家内が妊娠中だったことであった。

8

暑かった記憶があるので7月中旬頃、また雨に遭った記憶はほとんど無いので梅雨が終わった頃に間違いはないと思う。訓練所の中央学園は、京王線仙川駅または小田急線成城学園前駅から行くよう指示されていたと記憶している。成城学園前駅だとバスも乗り継いでいかなければならない。仙川駅だとだいぶ歩くがバスは利用しなくて済むので、私は仙川駅の方を選んだ。仙川駅からは結構歩くことになった。ある程度地図で調べておいたので迷う事は無かったが、暑い中お手拭きタオルを繰り返し使いながら歩いた。中央学園に着くとすぐ部屋わり、食券が渡された。私はどうしたものかと迷ったが、担当教官に申し出た。「富澤と言いますけど、全寮制ですよね」「そうだよ」当然というふうにきっぱりと言われた。「寮に泊まり込みになると思うんですけど、家内が妊娠してまして、後二、三カ月で生まれる状態なんですよ、出来れば毎日通う事にしていただけませんでしょうか」「君、通うっていっても大変だよ、それに寮に帰っても皆勉強しなければなかなかついていけるものじゃないんだよ、それでも良いのかい」。私もそれが心配だったが、子供が生まれそうになっている家内を一人にして、2カ月近くも入寮するわけにもいかず、家に帰ってから復習すれば何とかなるだろうと高を括っていた。そこで意を決して「大丈夫です、通わさせて下さい、全寮制の規則に違反すると思うんですけど、家内の事が心配なのでお願いします」。教官も思い倦ねていたようだったが、「そういう事情なら仕方あるまい。ただ遅刻だけはしないように」と念を押した。私はホッとするとともに割り当てられた部屋に入ると、すぐに朝食と夕食の食券の払い戻しをした。それから少し休んでから皆と一緒に教室に入った。度肝を抜かれたのは膨大な資料を渡されたことである。取扱説明書はA4判よりちょっとの大きさだったが、磁気ドラム、磁気テープ等の回路図が凄まじかった。しかしそれよりも凄かったのはCPUの回路図だった。縦40センチ、横60センチくらいの機械で書いたと思われる図で、100枚くらいの綴りになっている。紙は丈夫で少しくらい雑に使っても破れそうにはなく、製本形式になっているので綴じを外すことはできない。必要な時はそのまま持参なのである。その為資料を運ぶ入れ物として、持ち手のついた丈夫で大きな麻の袋も一緒に配られた。今データ関係の資料を捜しているのだが、すでに処分してしまったとみえ全くない。辛うじて穴のあいたスケール付きのプラスチックの板があるのみである。これはソフトを組むときに使うもので、菱形や丸や2本の平行線の両端が弧で閉じられたもの等いろいろあり、穴のあいた所には小さい字で書いてある。〝入出力、準備（条件設定）、表示（ディスプレイ）、処理、判断、結合子、ページ結合子、端子、磁気ドラム、紙テープ、磁気テープ、磁気ディスク、手作業、手操作入力、帳票、紙カード、マージナルパンチ、オフライン記憶、通信接続〟などが書いてある。こんなプラスチックの定規があるという事は、簡単なソフトも組んだ事があるのだろう。うっすらと記憶にはあるけど、それほどないという事はあまりうまくいかなかったのではないか。いずれにしろ私は4キロ近い荷物を持って仙川駅まで歩き、電車を乗り継いで草加に帰った。暑かったので汗びっしょりになりながら通い続けた。当時は吉田拓郎の『旅の宿』がはやっていて、重い荷物を肩にかけながら仙川駅へ歩いていると、何処からともなく聞こえてきた記憶がよみがえる。更にはふらつきながら歩いているうち、なんの拍子でかは記憶にないけど貸本屋へ入っていたことがあった。マンガがあったので見ているうちに借りていこうかなという気持ちになった。そこで身分証明書をみせて、自分はここに住んでいる者ではないんだけど、借りることが出来るかどうか相談した。「電電公社の人か？　どうしてこんなところへ来たんだね」「ここから少し歩いて行くと電電公社の寮があるんです。中央学園って言うんですけど、そこで訓練を受けているんです」「ほうっ、中央学園の生徒か。中央学園の事は知ってる、そこで勉強をしているんだ。こんな暑いのに大変だね」「いいえ、これが仕事ですから」。私は中の涼しさにほっとしながら言った。御主人はそれは大変だを繰り返しながら、「中央学園の人じゃ間違いはあるまい。借りていってもいいよ」と言ってくれた。そこで私は『影狩り』を2冊借りた。家に帰って読んでみると面白かったので、家内にも面白いから気分転換する意味でも読んでみてはどうかと勧めた。家内も面白いという事だったので、帰る道すがら時々貸本屋へ寄るようになった。同じく〝さいとう・たかを〟の『ゴルゴ13』シリーズ、『シュガー』シリーズ、〝篠原とおる〟の『0課の女』シリーズ、〝甲良幹二郎〟の『流され者』シリーズ等も借りて読んでいた。重くて遠い道のりではあったが、それとなくわくわくした気分で通った記憶が蘇ってくる。

それでも私の考えは甘かったと言うしかない。汗でびっしょりになりながら家に帰ってみると、げんなりして復習するどころではなかった。でもこんなことは一休みすれば済むことじゃないか。今までだってあった筈だ。自分がしっかりした意志を持ち、気持ちを込めてやろうと思えばそれで済むことである。おおげさに考えることもあるまい。やる気持ちさえしっかり持てば出来ると思っていた。出来る筈だった。それが実際になってみると、無残にも打ち砕かれていた。「何処が悪いんだろう、通勤に疲れたとでもいうのか。たかが4キロくらいの重さじゃないか。思うにそんなものじゃない、どこかが今までと違うんだ」。私はなけなしの頭を使って冷静に考えてみる。更には今まで経験したこと、記憶にしまいこんでいた知識を精一杯思い出してみる。やっぱり出てこない。「どうしてやらなければならないと思っていながら、やろうという強い気持ちが湧いてこないんだ。こんなことは俺自身の問題じゃないか、俺一人が頑張ればいい事じゃないか」。ここまで考えてから、思うように考え付かないもどかしい自分に気がついた。矢張りどこかが違うようだ。違わなければこんな状態になるはずがない。「ちょっと待て、これは今までになかったことを考慮すべき問題ではないのか。それならばそれは何なのだ。私が今まで体験したことがないというものは何なのだ、考えろ、考えろ。自分がやる気になっているのは間違いない。やらなければならない問題が前に横たわっているのも間違いはない。ただそれだけの事じゃないか」。私は憮然として寝ころんだまま天井を見ていた。思いが少しばかり駆け巡る。「疲れてはいるなあ、しかしそんな問題じゃないだろう。今までにない何かがあるんだ、なんだろう」。すうっと記憶が吸い込まれそうになる。「俺には自由があるのだろうか？　そう言われれば今までよりはぐんと少ない感じがする。そうか俺は一人じゃないんだ。好き勝手にできる状態ではないんだ」。新婚という事もあって、更にはお腹の大きさが目立つようになっていたので、家内をほったらかしにして自分の勉強に専念するという事は出来なくなっていた。自分さえ頑張れば何とかなると思っていた甘い考えは無惨にも吹き飛ばされてしまった。「ここまできたらどうしたらいいんだ。今さらサミュエル・スマイルズに縋る事も出来まい。こんな堕落した思考の持ち主なんて相手にしてくれまい。誰を恨むこともないだろう、何にも考えないでそのまま過ごして、挙句の果ては帰ってから復習をすればいいなどと、出来もしない事を吹聴してきたなんて。俺はバカだ、どうしようもない」。今度こそスマイルズにも誰にも相手にされないだろう。自分の拙い思考で彷徨い歩くしかないのかもしれない。進めるかどうかは分からないけど行くっきゃしようがないだろう。

案の定、家での復習はほとんど出来なかった。ただ重たい荷物を持って中央学園まで往復するだけだった。皆より少しだけ進み具合が遅れている気がして、教室で講習を受けていても何となく気が焦っている感じがし出した。と言うのは、寮生活をしている連中は、教室で習った授業で分からないところは互いに聴きあったり、相談したりしていたらしい。私はこういうことは出来なかったのである。こうなると遅れているという気持ちが1日1日少しずつ積み重なっていく。それでも教室での授業は自分なりに精一杯頑張って、皆に遅れないようにソフト組みにも取り組んだ。「やっていけるのかなあ」。こんなことは今までになかったことであった。嫌な思いが頭の中を微かによぎる。悶々とした日々が続く。私の思いは的中した。それまでの勉強の理解度を試験するために、各自ソフトを組まされた。結局組んだソフトをマシンにかけると、通らなかった者が四、五人出て、私もその中の一人になってしまった。「俺に限ってそんなはずがない、マシンの読み込みが埃のせいでうまくいかなかった為じゃないのか。それとも前の奴が辛うじて成功したものの、バグを巻き散らかしたせいでこうなったのだろう」。そやけくそになって私はこんな考えをしたが、すぐに惨めな考えを唾棄した。「こんな軽蔑すべき考えがどうして浮かんだのだろう。俺はここまで落ちてしまったのか、少しは気高いはずだった俺の理念は何処へいってしまったのだ。もうここまで来たら仰ぐべき理念も考えられない」。私は作業の知識のなさを感じながら、あろうことか他人のせいにしてしまったのだ。生きていく価値のない人間にまでなり下がってしまったのである。泣きたい気持ちではあるけれど泣けない、ここまで思考が堕落してしまったのだから泣くこともあるまい。とりあえず教官に指摘された所を修正し、なんとかマシンに通してもらった。私は惨めな気持ちで考えてみる。「ここへ来たのは失敗だったのかなあ。自分としてはやれるだろうと思っていたのだが、どこかが無理だったのに違いない」。後は反省しながら、なるべく早く忘れることに気持ちを切り替えなければならない、そうして新しくやりなおさなければ、私の人生はお終いになってしまうだろう。このまま引き摺っているわけにはいかない。今こそ培った思考をフル回転させなければならない。頑張れ！　頑張らなきゃしようがないんだから。その後2回ばかり取り組んだソフトプログラムは無事マシンを通した。しかし考えたくもない思考で、自分の失敗を他人になすりつけてしまった事は、どう言い訳をすればいいんだろう。本当に自分が恥ずかしくなった。こんな気持ちになったことは、受験に失敗して上京した時以来だろう。「俺はちっとも変わっちゃいないな。こんなに時間が過ぎていたにもかかわらず、言い訳ばかりしている。それもよりずるく悪質になっているではないか。俺は自分の理念を少しでも高めて近づきたい、そう思って生きてきたはずだ。それなのに奈落の底をのぞき見する人間にまでなってしまって」

それからの私は出来るだけ頑張ってはみたけれど、中央学園と自分の家を重い荷物を持ってただ往復するだけだった。後は何にもない、高校時代に空虚な過ごし方をした時と同じで記憶にない。人間なんて惨め過ぎる状態に置かれると、思いたくない、思い出したくないという感情の度合いが激しくなるらしい。それでも無事卒業し、地下鉄神谷町駅近くにあるデータ局に配属された。この時も辞令を貰ったのかさえ分からないのである。もしかしたら慣れるまでの間、臨時的な辞令で通ったのかもしれない。悪いことには時期を同じくして出産のため会社を辞職していた家内のお腹も大きくなったので、用賀の実家へ帰る事になった。私にとっては踏んだり蹴ったりだった。「これも仕方あるまい。もとはといえば身から出た錆ではないか。サミュエル・スマイルズという素晴らしい人に出会いながら、自分の進むべき道を真剣に考えないで、惰性とチャランポランな過ごし方にうつつを抜かしていたのだから」

その上この時大失態をやらかしてしまった。少し自信をなくしていた私は会社でも鬱々とした暗澹たる過ごし方をしていたのだが、或る日仕事帰りに飲み過ぎてしまい草加へ帰る事も出来ず、家内のいる用賀に泊めてもらおうと向かってしまった事であった。夜遅く行くと家内は吃驚して、とりあえず自分のいる部屋へ連れて行ってくれた。そこで家内に泣き崩れられてしまった。私はそれこそ何も言えず「申し訳ない」を繰り返すばかりだった。こんな惨めな気持ちには慣れっこだった筈であったがこの時だけは本当にこたえた。自分の馬鹿さ加減、ここまで落ちてしまった惨めさ加減、こんな状態では生きていくのもままならないのではないのか。失意のどん底とはこういう事を言うのだろう。

翌朝出勤したが気持ちは虚ろだった。さすがに惨めな気持ちだけは表さないようにしてみたが、辛うじて仕事をしている状態だった。このままでは生きていくことさえ出来ないかもしれない感じだった。この後私は「電電公社」を辞めたいと言った話になる。会社に申し出たことに関してははっきり記憶にあるのだが、家内に相談して了解を得られたのかどうかという事になると、記憶が薄すぎてはっきりとは覚えていない。更に悪いことには、相談したことに関してはうっすらと覚えているのだが、いつどの時点で切り出したのかは記憶にないのである。今自伝を書いている段階になって格好悪いけど家内に聴いてみた。すると私が酔っ払って用賀の家に行った時だと言う。こんな大事なことをこういう場所で言ったこと自体、言語道断である。

何とも言い訳が利かない。自分としてはこういう切羽詰まった場所で言ったとは思いたくないのだが、自分の記憶にはないし家内がそう言ってるのだから間違いはあるまい。

その後私の取った行動は、今考えても普通では筋道の立たない不可解極まりないものだった。まず神谷町のデータ局に出勤したものの体調が悪いと言って早引きさせてもらい、その足で前の勤務先である中野局に向かった。中野局では仕事が始まって少ししか経っていなかった状態で、課長や事務を取っている人のいる統制室へ行って、「電電公社」を辞めたい旨言ったのだと思う。部屋に居た人は皆吃驚してポカンとしていた。課長が質問してああでもないこうでもないと言っていたが、一向に分からないと見えイライラし出した。「要するに辞めたいのかね」と言った。考えてみればデータへ行く前に課長とちょっとしたトラブルがあって、それを引き摺っていた思いが微かに記憶に残っていた。「辞めたいのなら手続きを取ろうじゃないか」と課長が言った。その時事務をとっていた先輩の梅田さんが「ちょっと待て」と待ったをかけてくれた。「富さん辞めることは無しにして、俺の行っている健康管理所に行こう、そこで話をしよう」と言って、有無を言わせずその場所から私を連れ出した。梅田さんの言っていた健康管理所は地下鉄の竹橋にあった。梅田さんは昔は手に負えないくらい酒を飲んだらしい。それが失敗の繰り返しでどういういきさつかは知らないが、〝なだいなだ氏〟の主催する断酒のサークルに所属していたという事であった。定例として集まっていたのが竹橋だったらしい。データへ行く前に私は親しく付き合っていたので、そういう事は話に聞いていたし知っていた。その関係で私に助け舟を出してくれたらしい。私は自分でも分からないくらい混乱していて、考えることさえできなくなっていた。竹橋の健康管理所へ行くと医師にいろいろ質問され、今後どうしたら良いかの診断書を書いてもらって、私にではなく梅田さんに渡され、いろいろ梅田さんに説明していた。その後次に来る日にちと時間を言い渡された。私は分からなくなってしまったので、梅田さんにどうしたらいいのか聞いた。「これから俺が局へ行って課長に説明するから、富さんは家に帰ってゆっくり休め」と言ってくれた。私はそんなものでいいのかなと躊躇していると、「とりあえず今度竹橋に来る日にちと時間は間違えないようにしてな、俺もその時には行くから。それまでは家で休んで待機しててくれ」と言ってくれた。私はしょんぼりしながらもホッとした気持ちになり草加に帰った。結局私は健康管理所預かりとなった。家に着いてからも何をしていいのか分からず、とりあえず仰向けにひっくり返って天井を見ていた。今まで起こってきたことが走馬灯のように、ゆっくりゆっくり回っていた。私はそれに浮かびだされた場面を思い出しながら、自然と涙を流していた。失敗したという気持ちからでもなかったし、悔しいという気持ちからでもなかった。何にも考えずに泣いていた。

1日たつとすこし落ち着いてきて、出勤することもないので布団に入ったままぼんやり考えていた。そのうち腹が減ってきたので、近くの店に飯を喰いに出かけた。「俺はこのままで良いんだろうか。無責任に仕事を投げ出して、後は知らない、どうにでもしてくれではあまりにも酷過ぎやしないか。そこまでなり下がってしまったのか。あの自信に満ちた俺の信念、そして小さかったけれど考え抜かれた思考、ささやかかもしれなかったけど気高い理念、それらは皆何処へいっちまったんだ。今の俺には何も残っていないのか。今まで何のために生きてきたんだ。前にも書いてきたけど崇高な理念に少しでも近づきたいと、それなりに頑張ってきたのではないのか。それがこの様だ。俺は死んだも同然だ」これからどう生きていけば良いんだろう。先は全く分からない。もう縋る人はいない。

『現実の行動において、そのおこなわれ方に応じて、その善し悪しの性格もきまってくるのである。美しく正しくおこなわれれば美しい行為となり、正しいおこなわれ方でなければ醜い行為となる。』

（プラトン『饗宴』鈴木照雄訳）

私の行動は誰が見ても正しいとはいえない。考慮そのものが正しくないのだから、行動が正しいはずがない。どうしてあんな考えを持ったんだろう。自分にも分からないけれど悩んでいてもどうなるものでもない。自分としては人生を進めていかなければならないだろう。何とか歩いていかなければ。

『早々と諦めたら生きている意味がないだろう』。フェルメールの名画を盗んだ世紀の大泥棒マーティン・カーヒルの部下がこの名画を捌こうとした時、名画を取り戻そうと躍起になっていたおとり捜査官チャーリー・ヒルがおとりに使ったＦＢＩの捜査官が失敗して駄目にしてしまう。その後数年経ってフェルメールの名画がチャーリー・ヒルの活躍によって戻ってくる。戻った後のインタビューで失敗した時の事を聞かれた時、彼はこのように答えた。

卑怯ではあるが何とか立ち直る為には、これにならって私ももう1回チャレンジしてみたいものだし、そうしなければ生きている価値がないであろう。

9

私はいま自伝を書きながら北斎の絵（『富嶽三十六景』）に関するテレビ番組を見ている。最近北斎に関する番組が多い事は感じていた。当然北斎にはそれだけ魅力があふれているからであろう。広重の『東海道五十三次』で見られるように、雪の降るような場所でもないのに雪を降らせる工夫をしたり、雨の降りかたを同時に方向をかえて表現したりする仕方、若冲の事細かに描写する技量には感動するのみで、凄く誇らしく思っているし、同じ日本人に生まれてきた者として言う言葉が見つからない。自分としてはじいっとしていることさえ難しいくらいである。文学にしてもそうだろう。紫式部の『源氏物語』、清少納言の『枕草子』など、中国渡来の文集を多彩に操り、平安朝の作品としてのみならず頂点を極めた知識と、機知に富んだ変幻自在の流れの運び、考える事が出来ない程の精神力が要った事であろう。下って森鷗外、夏目漱石にしても然りだと思う。人それぞれにやるべき時はやらなければならない事は間違いない。勿論度量は違うであろう。小さいか大きいかはどうしようもあるまい。ただやらなければならない時に、しっかりとやらなければならないという事だけは言えると思う。これはサミュエル・スマイルズが『自助論』の中で引っ切り無しに言っていた事である。

『われわれを助けるのは偶然の力ではなく、確固とした目標に向かってねばり強く勤勉に歩んでいこうとする姿勢なのだ。意志薄弱で怠惰な人間、目的もなくぶらぶらしている人間には、どんな幸運も意味を持たない』

続けて、

『時間は、学ぶべき価値のある知識を吸収し、すぐれた信念を養い、よい習慣をしっかり身につけるために使われるべきである。実りのない生活を続けて時間を浪費するなど断じて許されない』

そしてこのあと私にとって決定的な言葉が続く。

『永遠なるこの世の真理の中で、わずかに時間だけはわれわれの自由裁量にまかされている。そして人生と同じように時間も、ひとたび過ぎてしまえば二度と呼び戻せはしない』

こんなふうになってしまった私でも忘れはしない。スマイルズが切々と説いている一連の流れ、未だに私の底の底にはゆっくり静かに流れている筈である。テレビを見ながら静かに思ってみるに、あの忌まわしい当時、こんな腐れ切った自分にとってあの時やれるべきことは何だったのだろう。やるべきことがあるのなら何にでも縋りたい気持ちではあったと思う。こんな結果になったのだから何にでも耐えられたかもしれない。しかし奈落の底へでも飛びこむほどに落ちぶれた気力のない自分には果たして出来ただろうか。気持ちがあっちへ行ったりこっちへ引き返したりして定まらない。いや、考える内容そのものが全く希薄で、霧の遠くにかすんでいる状態であった。「もうやっぱりお終いだったのかなあ、俺にとってはここまでが精一杯でしかなかったのだろう。理念などと大きなことを言ってみたけれど、そんなものは何処かへ忘れ去られてきてしまったに違いない。〝自分が〟、〝自分だけは〟、できてしまったのかもしれない」

今冷静に考えてみるに、以前亀山郁夫の言葉『黙過——神が人間を見捨てた』を引用したことがあったけれど、〝自分が〟、〝自分だけは〟できてしまった私に関して言えばどうなのだろう。問題はそこだったのではないのか。高校受験に失敗した時、データでとんでもない状態になった時、本当に私は〝黙過〟の状態に落とされたのだろうか。『東大で文学を学ぶ』では辻原登が別の所でこうも言っている。『私は私である。こういった時点でわれわれはもう「神を殺した」。つまり意識を持った時点でわれわれは神を殺している。……私が私であると考えたとき、それは私を成り立たせているのは私であるという考えですから、そこから神の概念は除外されています』。こういう事はどういう事なのだ。〝自分は〟、〝自分だけは〟できてしまっていた私には、自分を第一に置いてきてしまったところに問題があるという事なのか。それならば自業自得ってなものだろう。誰をも恨むことなどありゃしない。しかし私にはこんなことは納得できない。矢張り私には〝黙過〟が起こったと考えたい。〝私は〟、〝私だけは〟できてしまった事は間違いない。しかし誰が何と言おうがあの時は間違いなく〝黙過〟が起きたのである。絶対に〝黙過〟であった。

更にテレビを見ていると、北斎とフィンランドに関連する話が出てきた。私は興味をもったので、以前読んだ事のある『自分を信じる—超訳「北欧神話」の言葉—』（杉原梨江子編訳）の本を出してみる。〝北欧〟という言葉がテレビの中に出てきたからである。見覚えのある懐かしい表紙である。そこにはこう書かれていた。『はじめに』と言った後『「絶対的に、自分を信じる」「決して、諦めない」「運命は、自分で切り拓く」』とあった。この言葉はシンプルでしょっちゅう聞きなれた言葉であるので、今ここでどうのこうのと言って、切り出すほどのことでないのは私にも分かっている。「北欧神話」とは、スウェーデン、ノルウェー、デンマークなどスカンジナビア半島で崇拝されていた神々を主人公とする神話群のことです。フィンランドの人々はゲルマン民族の三国とは民族が異なり、独自の神話「カレワラ」をもっています、と本の中では言っている。考えてもらいたいのはここである。神話の世界に遡ってみても、ゲルマン民族、フィンランド人、日本民族等あらゆる人間には、先ほど挙げた言葉、「絶対的に、自分を信じる」、「決して、諦めない」、「運命は、自分で切り拓く」は普遍的なのである。そうとなれば私はこの言葉を持って再度出発しなければならないだろう。今の現在と見苦しい結果を出した当時とでは次元が違うのは間違いないことではあるが、しかしなんとかしなければならないという気持ちから、これと似たような考えはしたと思う。北斎の絵に関するテレビを見ていたのだが、遡ってみればひょんなところから再出発する力をもらったようでもあった。果たして汚れてしまった私の思考から、毅然とした心を持って立ち直れるのだろうか。私はそれでも〝北欧〟といったイメージから自然でシンプルな感じを持った。もっと素直な気持ちで毎日を過ごせるのなら、今まで過ごしてきたであろう〝自分だけは〟、〝自分だけが〟の勝手な思考から抜け出せるかもしれないと考えたと思う。しかしそれでは研ぎ澄まそうと躍起になって頑張ってきた自分の思考に合致するのだろうか。自分の描いていた理念に少しでも近づくことが出来るのだろうか。不安ではあるけれども気持ちを少し変えなければならないに違いない。今までやってきたことが失敗だったのだから、ここは変えざるを得まい。そうしなければ新しい出発は出来ないに違いない。そして今までよりももっと真剣にサミュエル・スマイルズのアドバイスを受けたいものだ。深刻ぶらず、〝自分だけは〟、〝自分としては〟という言葉は捨て去りたいものだ。『盲人の手探り』ではないが、少しでも感じ取れるものがあれば是非欲しいものである。ここは一つ「曙光」に力を貸してもらいたいものだ。

『夢に責任を取る勇気を
過失には責任を取ろうとするのに、どうして夢に責任を取ろうとはしないのか。それは自分の夢なのではないか。自分の夢はこれだと高く掲げたものではないのか。それほど弱いのか、勇気がないのか。それは自分だけの夢ではないのか。最初から自分の夢に責任を取るつもりがないのなら、いつまでも夢がかなえられないではないか。』

（『超訳　ニーチェの言葉』）

今崩れそうになっている私の夢、飛び散る寸前の私の夢。それに対してこんなにも素晴らしいアドバイスを頂ける事なんてめったにあるものじゃないだろう。私は明るく誇らしく夢に向かって進んでいきたいものだ。笑いがなければ、そして少しでも良いから洒落っ気もなくちゃ。

『春は、あけぼの。やうやう白くなりゆく山ぎは、少しあかりて、紫だちたる雲の、細くたなびきたる。』

（『枕草子』「春は」）

清少納言の『枕草子』初段である。人生の新しく生まれ変わろうとする、清々しい希望に満ちた門出である。作者である清少納言の「定子サロン」のようにはなれないだろうけれど、しかし家内がいるだろう、生まれてくる子供もいるだろう。機知は見られないかもしれないが、少しは風流な気持ちは持てるかもしれない。当然笑いは満ちているだろう。もしかしたらこれをバネにしてやり直しがきくかもしれない。

こうした新しい出発点になりそうな気持ちになりながらも、もう少し深く考えてみる。ここまできてしまったら、どの方向へ向かって進んでいけばいいのだろうか。自分には考慮を重ねて苦しむ気力は何とか残されているとは思うのだが、今までのように、この方向へ向かって進んでいこうという決意はないように思われた。確かに自分の理念に向かって目指していこうとは思っていたが、あまりにも漠然として、結局は取りとめのない仮想論に終わってしまっているのではないだろうか。ここはもっと筋道を立て、しっかりとした自意識のもとで、少しでも良いから知的で希望に燃えた人生を切り開いていきたいものだ。

そんな自分の進路をどう変えればいいのか思案している間に、家内が長男を抱いて帰って来た。勿論タクシーで帰って来たのだろうが、だらけきってしまった私にはこれと言った記憶すらない。家内には本当に申し訳ないと思っている。確か私が高校受験に失敗して上京した時もそうだったが、守りに入るとからっきしだらしなくなってしまう。自分勝手と言ったらありゃしない。それでも帰って来るまでには少しばかり修正した気持ちを前面に出して、家内と長男にフォローされながら頑張ってみるしかないと思っていた。

2人が帰って来たのは霜月も中旬に入る寒い日で、ストーブの側に家内が用意しておいた小っちゃな布団を敷いて横にさせた。ふぎゃふぎゃ言いながら手で顔をこすっていたが、泣いていたようでありそれでも家内が顔をくっつけると笑っているようで、得体のしれない自分勝手な奴だなあといった記憶がある。それでも赤ちゃんなんてものは、こういう生き物なのだろうという寛大な気持ちで見てみる。苦痛にならないのかなと思うくらい、顔を動かしている。また家内はそれに呼応するかのように顔をくっつけたり、笑ったりしている。馬鹿馬鹿しいけど腹が減ってきたので、「鮨でも食うか」と言って、近くの寿司屋へ頼みに行った。帰って来ると家内が母乳を飲ませていた。「これからこういう毎日になるんだろうなあ、三人になったのだからしようがあるまい。多分これが幸せって言うんだろう」と独りごちた。

考えてみれば幸せってなんなのだろう。こんな取るに足らない些細な生き方がそうなのだろうか、自分には結論が遠くへ行きすぎてぼんやり霞んでいるだけでしかないが、そういう事が幸せなのかと言われればそうとは思えない。しかし赤ちゃんは笑ってるし、家内も笑っている。笑っていないのは自分だけ、変な疎外感が胸に湧き上がってくるがどうしようもない。仕方ないから自分も笑ってみる。赤ちゃんが笑い返してくる。世の中なんてこんなものなんだろう、少し絶望的になりながら更に笑い返してみる。

今までは〝自分が〟、〝自分だけは〟できていたのだが、もっともっと深く考えを掘り下げなければ、俺の人生は単に生きてきただけで済んでしまうだろう。ここいらが変えどきに違いない。人生には何度かの節目があるというが多分今がその節目なんだろう。しかしどう変えれば良いんだ。この節目に今まで考えて行動してきたことを、どのようにもっと深く掘り下げて考えなければならないのだろうか。今まで抱いてきた理念について、角度をかえて見直さなければならないのか。「俺がずっと抱いてきた理念はどこかに無理があったのだろうか。それとも理念そのものに真剣に取り組んでいなかったのだろうか。ただ格好つけて言っていただけで、うわべだけの軽いそんなものでしかなかったのだろうか」

『5月15日　正道

人の通ったことのない原野でも、心がまっすぐであれば正道を行くことになる。道ならぬ道をあえて行くのは、前進ではなく後退。理想を追い求めて人生を歩む者は、途中で力尽きても成功者、浮ついた名声や富を求めて貪欲に奔走する者は、目的を達しても失敗者である。

道の為め手折るとならば姫小松　もとより千代は願はざるらん（下田歌子）』

（『武士道的一日一言』新渡戸稲造著　山本史郎解釈）

私はここまでやってきた理念に基づいて、少しずつでも良いから進んでいくしかどうしようもあるまい。注意深くもっと考えを掘り下げ、真剣にアドバイスを心に感じながら、先駆者に感謝と尊敬を今まで以上に払いながら。

私には少しずつ注意深く進むという作業にはある程度慣れていたはずである。と言うのは中野局XB交換機時代に、通話接続方式が従来のS×S（ステップバイステップ）方式から集中制御方式に換わっていたので、あまり考えないで作業するわけにはいかないという考えが強く働いていた。下手をすると異常障害を引き起こしかねない懸念があった。万が一何かあった時には自分が責任を取らなければならない。これが自然発生的なもの（天災に起因するもの、人工的であってもイベント等による〝呼〟の輻輳）であれば気も楽なのだが、自分の指導のもとで起こったとなれば大パニックになってしまう。ところでリレー接点の摩耗によってリレー取り替えをしたことが多々あったのだが、リレーの乗っているフレーム全体がアースなので、リレーの電池脚にラッピングされているケーブル線の取って付けには十分な注意が必要になる。さらには接点の脚にもケーブル線が規則正しくラッピングされているのだが、外す時の電池の廻り込み線もあり注意が必要であり、ラッピングするときの間違いは許されない。まず皆は嫌がる、当然である。自分がやらなくたって他の人がいるだろう、なにも貧乏くじを引くことはない。気持ちは分かっていたが頼んだ私は爆発寸前だった。躊躇していた奴らにその時私が言った言葉がある。「馬鹿野郎給料貰ってるんだろう、それだったらやるっきゃねえだろう」。私はその時自分でやった方がいいのかなとも思ってみたが、取り替えなければならないリレーの数は多くなってきていたので、やはり皆にやってもらわなければならないし、やらせなければならないとは思っていた。そのかわりしっかりと注意点をしつこく言い、「後は何とかするから、そのかわり注意したことは間違いなくやってくれ、やるっきゃないんだから気を引き締めてやってみろ」。その時ついた渾名が「やるっきゃないの富澤さん」。

今『自助論』を見ているけれど私のやり方に間違いはなかったと思う。『どんな分野であれ、成功に必要なのは秀でた才能ではなく決意だ。あくまで精一杯努力しようとする意志の力だ』。こう言ってもらえると私は感謝の念に堪えない。続けてスマイルズは言う。『どんな仕事でも、それを避けられないものと考えればやがて手際よく気楽にこなせるようになる』。それでも当時の私には現状維持が強かったと思う。もう一つの渾名が「石橋をたたいても渡らないの富澤さん」だったのだから。慎重だったことは間違いない。

そんな過程を踏んできた私ではあるが、今しみじみと長男の事を思ってみるに、私の出生の詩の後詠んだ俳句、

乳呑児よ　汝は病葉の　露となれ

生まれ出てきたって何のことがあろうと若かりし頃嘯いた捨て台詞、いま冷静に考えてみても、その後得た知識などを総合してみても判断的にはズレはなかったと思う。その時自分がそう思ったこと自体は何ら間違いはない。と言うのは生まれ出てきた自分を自分が思ってみるだけのことでしかないのだから。しかし今度は出生した息子の立場での考慮として、親の私は考

えなければならないだろう。生命の尊厳自体に関して言えば、やはり考えそのものが若かったとしか言いようがない。その根拠は『そうか、君はカラマーゾフを読んだのか。』（亀山郁夫著）を読んだときに何となく分かった気がした。『生命それ自体がかけがえのない価値をもちはじめる。なぜなら、人間がどう手を尽くそうと、生命を自らの手で創造することは出来ないからだ』。言ってみれば生命それ自体取得したものの、自分自身から得たいと望んで出来たわけでもなく、ある執着によって発生したものとして解釈したい。私と家内の執着によって長男の生というものが発生したのである。長男の意思、希望は無関係になる。長男自身に言わせれば生まれてきたって何のことがあろうと嘯いても、誕生してきてしまったのである。それも長男の意思には関係なく、父と母の執着によってである。申し訳ないが私と家内で「一切皆苦」を背負わせて長男をこの世に引き摺り出したのである。

　私の恥ずかしいくらい拙い知識をたどってみても、太子・悉達多の四門出遊に始まった出家との出遇《であ》い、苦行林における修行の結果出した『如是我聞。……宿命明と天眼明をもって、ただしく世界を眺め、もろもろの出来事と衆生の生死を観じたとき、わたしは、いっさいは苦であることを如実に知ったのである。……生まれるということこそ、いっさいの苦のはじまりなのである』（『如是我聞』文・辻清石　日本通信教育連盟生涯学習局）と言う事である。

　ここで言う「宿命明」、「天眼明」とはどういう事なのだろうか。再度同書から見てみる。『如是我聞。心が一になって清浄になり、汚れがなく自由で、しかも確信に満ちて不動となったとき、釈迦牟尼は過去のいっさいを思いおこす智が時空を飛ぶのを識ったのだ、と。……わたしは、その一々のすがた（相）とさま（態）とともに、過去の生涯を思いおこしたのであるが、これこそが、正覚の夜のはじめに達した明智にほかならない。この明智によって、心を閉ざしていた無明が滅び、闇黒が消滅して光明が生じた。これが、宿命明であった。』、『如是我聞。……わたしは、清浄であり、いっさいを見通す天眼をもって、もろもろの衆生が生まれては死に、死んでは生まれるさまを見た。……このようにわたしは、清浄な天眼をもって卑賤なる者、高貴なる者、美しい者、醜い者、そのほかのもろもろの者が、すべてそれぞれの業にしたがっているのを見た。これが、わたしがその成道の夜の半ばで得た天眼明であった。』、さらには「漏尽明」へと続く。釈迦牟尼は「一切の苦」からの解脱法として『四聖諦』という四つの智を識る。『このようにわたしが知り、このように観じたとき、わたしの心は煩悩の汚れから解放され、また、生の汚れから脱した。その智によって心が無明であったことを知り、解脱したという智がおこったのであった。すなわちわたしは、生は尽きはてた、清浄行は完成された、なすべきことが成就されたのだ、と知ったのである。これが成道の夜の、最後に達成された第三の明智、漏尽明である。ここに無明が消滅して、明智が生じたのであった』

釈迦の有名な言葉が残されている。『天上天下　唯我独尊　三界皆苦　吾当安此（我当救之）』。ここにある「唯我独尊」に見られる「我」は釈迦自身の事を言っているのではありません。この後「吾当安此」に見られる「吾」で釈迦は自分の事を個人として言い分けています。

「我」は生まれてきた私達一人ひとりという事になると思います。「尊」は尊い使命、乃至尊い目的が付随して存在している。二度と確保できないであろう尊い人生、たった一つの命、どう使えばいいのだろう。そこのところは十分吟味して、自分の考えで対処しなければなるまい。

またここにある「三界」とは〝欲界〟、〝色界〟、〝無色界〟という事で、全て一切は皆苦しみであるという事に他ならない。「三界」に関しては私にもぼんやりと思い知る事は出来るのだけれど、はっきり自覚するためには真宗大谷派宗務所出版部発行『解読教行信証』の「語註」によってみたい。『〝三界〟……欲界、色界、無色界の三つの世界で、迷いの世界の総称。欲界は欲望の世界、色界は物質的条件を離れられない世界、無色界は物質的条件を離れた世界を指す』とある。

私は責任上恥ずかしい知識を絞りながら、おいおい出来るかどうか分からないが、導いていかなければならないに違いない。これが幸せって言うのだろうか。私には出来そうもないが、それでも自分にはそうしなければならない義務が付きまとうというしかない。しかし考えてみれば『人身受け難し、今すでに受く（釈迦）』、この大命題があればこそこれをもってきっと幸せって言うんだろう。自分勝手ではあるけれど息子にはそう考えて生きていってもらいたいと望んでいる。

太子・悉達多が太子妃・耶輸陀羅との間に男子を得た時父・浄飯王は喜んだが、太子は思わず羅睺羅が生まれた、新たな束縛が生じた、と叫んだという。羅睺羅とは障碍（さまたげ）という意なのである。出家を決意した太子にとって子の誕生は、障碍に他ならないものとして映ったのだろう。下って日本に視てみるに、俗名佐藤義清・西行は出家を決意した時、縋りつく娘を縁から蹴落としたという話である。幸い私はその時そんな考えは毛頭持っていなかったし、その後も在家信者（優婆塞）になるということすら思っていない。自分の修行云々よりも、了解を得ないでこの世に引き摺り出してしまった息子のために、申し訳ない気持ちでいっぱいである。何とか自分で学んでいって『人身受け難し、今すでに受く。仏法聞き難し、今すでに聞く。この身今生に向かって度せずんば、さらにいずれの生に向かってか、この身を度せん。（釈迦）』を理解できるような生き方をして、一歩でも近づけるように頑張ってもらいたい。もしこの域に少しでも近づくことが出来たなら、ドストエフスキーがゾシマ長老に言わせた『人間が幸福を味わい尽くすには、一日あれば足りるんですよ』（『カラマーゾフの兄弟』）の位置に立脚可能となるに違いない。ここでゾシマ長老が言っている「幸福」とはどんなものなのか推測することは可能でも断定することは出来ない。しかし私が思うには、普通感じる幸せとは少し離れた、いわば教えを聞いて心に起こる幸せと解釈したい。『人身受け難し、今すでに受く』を理解してそこに近づく喜びの過程、その後にぼんやりでもいいから知ることが出来る幸せ、こういうことを言っているのではないだろうか。私が失敗してデータから逃げ出したようなことだけはしてほしくないと祈るばかりではある。

『如是我聞。生きとし生けるものはみな苦の中にある。生まれ、老い、衰えて、滅び、再び生まれる。どこまでも苦とともにあり、ここから抜け出る道を知らないのだ。老死から離脱することを知らないのだ。しかし、それならなにゆえに老死というものがあるのだろうか。そのとき、わたしに正覚がおこった』。この事実を知りながら、出来るだけ苦しまないようにする手立てはある。釈迦牟尼は優しく諭す。苦しまないためには次の考えの展開が必要である事には違いない。

『如是我聞。生まれることは、なにかが有ることに縁っておこる。有るということが生存と言うことなのだ。しかし、有るということはどのようにしておこるのか。それは執着によっておこる。ありたいという執着が、生存をもたらすのである。そしてこの執着は、渇望という欲にほかならない。すなわち有は執に縁っておこり、執は渇望に縁っておこるのである。このようにして渇望はわたしたちの感覚に縁っておこる。感覚に縁っていっさいの現象がおこり、それらの感覚が苦をもたらすのは、迷いによって曇らされているからである。つまり現象とは無明の迷いがつくり出すものにほかならない。それゆえ、私はこのように因縁を観じたのであった。無明に縁って、いっさいの現象があり、その現象に縁って、これこれを感じる感覚があり、感覚に縁って、渇望が生まれ、渇望に縁って、執着が生じ、執着に縁って、有と無とに分かれ、有に縁って生がおこる、そして生に縁って、老と死がある。それゆえ、わたしはこのようにさとったのである。無明を止滅すれば、いっさいの現象もまた止滅し、現象が止滅すれば、六つの感覚も止滅し、六つの感覚が止滅すれば、渇望も止滅する。渇望が止滅すれば、執着が止滅し、執着が止滅すれば有るということも止滅し、有るが止滅すれば生が止滅し、生が止滅することによって老と死も止滅する』

（『如是我聞』文・辻清石）

ここまで学んでくると、私の小さな思考ではどうしようもない。更には『四聖諦』を真剣に学ぶことが必要だろう。私にはそんな大それたことなど出来はしない。息子にはこういうものであるから自分で勉強して欲しいとしか言えないだろう。これまた非常な苦痛を背負わせて、この世に引き摺り出してしまった事である。それでも私にはどうすることも出来ない。ただ見守って出来る限りのアドバイスをそれとなくするほかはない。「強く生きていって欲しい。挫折してしまった父にはそんな事を言う資格はないかもしれないが、しかし父は父で頑張るつもりでいる。出生してきた限り苦しくてもそうするしかないのである」。しかしアドバイスをすると言ってもそれほどの知識もない自分に、どんなアドバイスが出来るのだろうか。全く以て無責任極まりない言い方だと恥じるべきなのか。こんな私に言えることは、尊敬するスマイルズが言っている言葉の中から、より該当する言葉を選んでそれとなく言うしかないのであろう。今の私にはどの言葉が良いのか分からないが、底辺にあるスマイルズの考えでは『時間の浪費』と、次の言葉だと思っている。

『忍耐と努力こそがすぐれた人格形成にいちばん大切な要素である』（『自助論』）

「頑張れ、頑張れ、何とか頑張って欲しい。父も自分の道を頑張るから、父もこれから再出発だ。何処まで立ち直れるのかは分からないが、君に負けないように頑張るつもりだ」。

富澤　博（とみざわ　ひろし）

1941年8月9日生まれ
1961年3月　日大豊山高校卒
同　年4月　日本電電公社入社
2001年3月　NTT退社
今日に至る

無明の闇

2019年2月4日　初版第1刷発行

著　者　富澤　博
発行者　中田典昭
発行所　東京図書出版
発売元　株式会社 リフレ出版
〒113-0021　東京都文京区本駒込 3-10-4
電話 (03)3823-9171　FAX 0120-41-8080
印　刷　株式会社 ブレイン

ISBN978-4-86641-215-3 C0023
Printed in Japan 2019
落丁・乱丁はお取替えいたします。

ご意見、ご感想をお寄せ下さい。

［宛先］〒113-0021　東京都文京区本駒込 3-10-4
東京図書出版